AF307578

Natascha Trikulitsch
**Наташа Трикулич**

Krasavchik – Der russische Hausgeist

# Домовёнок
# Красавчик

# Глава 1
# Детство Красавчика

Всем привет! Я маленький домовичёк и зовут меня Красавчик. Мы кстати все, как на подбор маленькие и нам очень легко и удобно по углам прятаться. Да шучу, я шучу! Когда я родился? Могли бы даже и не спрашивать так, как всё равно не отвечу.

И какая кому разница, не правда ли? Одно могу сказать, я выгляжу всегда на одну вечность моложе. Хоть я и не девчёнка - домовчёнка, а за своей внешностью  приглядываю. Если, конечно время позволяет.

А оно расписано у меня по часам. Вечность - вечностью, а порядок должен быть. Вот как сегодня, чтобы сэкономить своё время, я собрал вас всех под моей гостеприимной  крышей.

Мне  уже  невтерпёж  поделиться  с  вами своими,  самыми  интерессными похождениями, которые произошли за мою долгую, домовскую вечность. И хочу вас обязательно познакомить с моими  закадычными  друзьями  домовичками - Старшаком, Худобой и Пузатиком.

Устраивайтесь поудобнее, чувствуйте себя как дома, но не забывайте, что вы у меня в гостях! Ах, как было всё - таки  хорошо в то время, когда я был  маленьким  домовёнком!

И жил я ещё  с моими  родителями в старом замке. Большущий Замок стоял на возвышении и был виден издалека.

До чего же он был восхитителен снаружи! По обе стороны входой двери, стояли  два каменных льва, которые вечером казались до того живыми, что даже мы домовички  обходили центральный вход сторонкой. Так и казалось что они вот- вот спрыгнут вальяжно  с пъедестала, и помчатся, - куда глаза глядят! Но не беспокойтесь - они и по сей день стоят на том же месте. Больше всего мне нравились наружные стены.

Они были выложены из розового мрамора и,  когда  оранжевое  солнце  закатывалось   за горизонт, - замок  просто светился в пурпурных лучах! А когда наступала весна и  фруктовые деревья зацветали, то воздух был напоен такими приятными запахами, что хотелось превратиться в пчёлку  и каждый день  летать  над пахучими деревьями. Пить нектар сразу со всех цветочков и жужжать, жужжать, жужжать!

Но, к сожалению, нам только внутри Замка выпендриваться разрешалось. А потолки внутри замка были такие высокие - что, если ребятня начинала между собой перекрикиваться, то эхо ударялось, как тенисный мячик от стены к стене и так долго, пока не затихнет.

В такие минуты казалось, что вся „нечисть“ выползает из тёмных углов, чтобы посмотреть на тех, кто же здесь их  сон нарушает.

Из - за высоких потолков в Замке было так холодно, что если бы не большая печка, которая стояла посреди комнаты нам бы всем – „каюк“ пришёл.

К нашему удовольствию  её всегда до самого лета протапливали.

Печка была всю ночь такая тёплая, что мы, как Коты - мартовские, на ней нежились ночью. А когда наступали сумерки,- хозяюшка зажигала самодельные свечи из свиного жира. Они воняли и коптили, я вам по секрету скажу, за милую душу, но этого почему - то никто не замечал. Главное в комнате становилось светло и уютно, и уже было не так страшно. Никогда ведь не знаешь, кто в тёмном углу сидит. Ну и что, что я домовой - домовому тоже не зазорно, чего - нибудь или кого - нибудь бояться.В этой жизни всегда нужно ушки на макушке держать, тогда и сюрпризов неприятных не произойдёт.

А сюрпризы я терпеть не могу! Ну да ладно рассказываю дальше. А то, как всегда, отвлёкся, но привыкайте - то ли ещё будет! Каждый вечер, после трудового дня, вся семья собиралась за столом и если странствующий Дедуля нет - нет да останавливался на ночлег, то все знали,

что сегодня предстоит очень интересный и незабываемый вечер. Он подробно рассказывал о тех местах, где в последнее время побывал. А специально для детей, у него была припасена новая сказка.

И вот в один из таких вечеров я сидел, как всегда в своём уголочке, и с интересом слушал байки седовласого Дедули. А вдруг он про нас, домовых, что - то новое расскажет.

Каждый третий про нас всегда, что - то знает, или говорит, что он нас где - то видел.

Ну, до чего же нахальный народ, всё то они видели и всё то они знают! Никакого почтения к домовым.

А к нам нужно с уважением относиться, а то мы можем и обидеться. Вот тогда хоть ноги уноси. Мы такое вытворяем,что после каждой заварушки сами себе удивляемся - на какие же пакости мы горазды!

Но в этот раз я сидел паинькой и никого не трогал. Самому же интересно, что же Дедуля тут заливает. До того я увлёкся его рассказом, что прозевал, когда он возьми и спроси: „А знаете ли вы, что в вашем Замке семья домовых живёт? А самый маленький в уголочке притаился и меня тоже внимательно слушает.“

Я до того напугался, что чуть дёру не дал - подумал, что он меня действительно видит! - Хорошо до меня быстро дошло, что он решил над детьми малость подшутить. - Ну и шуточки у него дурацкие! – Я хоть и домовой, а чуть в штаны не наложил ( извиняюсь за выражение), а что о малявках то говорить?!

Что тут началось, сколько визгу -  то было, я чуть не оглох! Как будто нельзя было на эту шутку  спокойнее отреагировать.

Так нет же, они стали по залу бегать, и меня по всем углам искать! Ну конечно так я и высунулся, – дураков - то нету! А когда они по комнатам по одному расходиться стали, я просто не удержался и девчонок за косички подёргал.

А чтобы никому обидно не было, то и мальчишкам, чтобы не задавались - по носу щёлкнул! Вообщем такого забавного вечера у меня уже давным - давно не было.  Они потом ходили и постоянно оглядывались. Правильно, я бы на их месте тоже оглядывался. Не знаешь ведь, кто за тобой следом идёт...

Ах, какое было время беззаботное - шали не хочу! Но мы не только шалостями занимались. У нас, к радости одних и  сожалению других, были и свои домовские обязанности.

А как же, мы тоже должны были профессии-домовёнка обучаться. Хорошо что у нас свои Профессора умнющие в университетах сидят. Вот с их помощью мы такие сообразительные и получаемся.

Наш  многоопытный профессор Домовицкий взялся обучать нашу группу, и был к нам ну очень требовательным.

А с нами ведь по другому и нельзя - на голову враз сядем, только разреши!

Мне  от него, больше всех доставалось, но я на него не обижался. Это я сейчас понимаю, если хочешь быть лучшим в своём деле домовёнком, нужно много и очень долго учиться.

А в детстве, кто об этом думает? Каждый хочет взять от жизни всё что можно,…и нельзя. Жизнь то долгая - выучиться  всегда успеем!

А профессор нас, как „сидоровых коз“ гонял, и  всегда нам нотации читал: „Учитесь мол пока молодые, вечность - вечностью, а мозги когда - нибудь начнут усыхать, и память почему - то будет со временем дырявой становиться.“ - Ему это лучше знать, он уже несколько столетий прожил и знал о чём говорит.

Так вот если в конце - концов, все экзамены на различные «проделки» сдашь, то перед тобой дороги, - во все дома открыты. Что, не верите?

Так спросите у какого-нибудь домового и он вам мои слова подтвердит: „Спрашиваете, а где его найти?" - Это же вам нужно - вот сами его и ищите. Пусть попробуют поискать, если времени своего не жалко.

А девчёнки - домовчёнки все экзамены как всегда проваливали.

Всю важность нашего дела, из - за своей ветренности всерьёз не принимали.

Как только мы хотим наш трюк над каким - нибудь мальчишкой отработать, они тут - как тут, и начинают канючить: „Мол не трогайте его он такой прихорошенький - не пугайте его, и так далее, и тому подобное!"

Тьфу, ну никакого сладу с ними!

Да, как же научишься  - то пакостить, если всех жалеть начнешь?!

А за противными мальчишками  гоняться у нас времени  нет. Ну и как же нам,  скажите на милость  к экзаменам готовиться? Так ведь и провалить можно, и куда мы.... домовой тебя возьми - без профессии подадимся? Улицы мести, что ли? Ага, щас.....! Осерчали мы на наших девчёнок-домовчёнок  и нажаловались  на них Совету- Уважаемых Домовых. Уж каких только мы доводов не приводили! Девчёнки дескать всю нашу работу на смарку сводят, и всегда у нас под ногами вертятся, а главное мешают нам трюки отрабатывать.  Вобщем  в  свой  Регламент уложились и нас даже совесть не замучила. Наши Уважаемые сообща,  для отвода глаз покумекали, и  поданную нами  жалобу по „косточкам" разложили.

И постановили…, к нашему всеобщему удивлению и ликованию - девчёнок профессии домовых не обучать !

Как не ворчали они и на нас не злились, -
им ничего не оставалось, как дома сидеть да за порядком следить. Сами виноваты, нечего было за мальчишек заступаться и под ногами путаться!

Так вот, как только нам Лычку домового присваивают, то сразу же приставляют к семье, которая с нами ещё никогда не сталкивалась.

А как же должен ведь, кто - то за людишками приглядывать и всех членов семьи от всякой „нечисти“ оберегать. Мне просто до ужастиков нравится то, что нам в доме, где мы в дальнейшем живём бедокурить разрешается. Зря что ли мы так долго учимся? Нужно же показать на что мы домовые горазды! И если нам семья после выдержанного экзамена  понравится, то она от нас уже никуда не скроется.

Куда бы Члены семьи не переезжали мы тоже за ними тащимся и так каждому поколению, всю нашу бесконечную жизнь служим. Да, пока не забыл, - нас по домовскому закону – по четыре домовичка в дома распределяют. Одному там ну никак не справиться. Столько разных характеров у подопечных, что «зуб» сломать можно. Вот так я и оказался в четвёрке с моими будущими - закадычными друзьями.

Таких друзей искромётных я бы вам всем пожелал, но их ещё поискать нужно! А сейчас  я опишу вам моих друзей домовят, которые со мной прошли «огонь, воду и медные трубы». Да не бойтесь, это просто пословица такая, но мне она  уж очень нравится. Привыкайте к тому, что я ими буду сыпать где попало. Да не бойтесь.... в вас кидаться у меня и в мыслях не было.

Опишу сначала себя, что бы вы знали, с кем дело имеете. Я - Красавчик, самый младший из всей четвёрки, и самый красивый.

Это я вам без ложной скромности скажу. Все так говорят, а они врать не будут. У меня светло - русые кудрявые волосы и  все друзья мне до жутиков завидуют, но вслух об этом никогда не говорят. Что они девчёнки  - домовчёнки, что ли?! Но самое главное, я  уж очень воспитанный и башковитый родился, - спасибо маме и папе.

Кто сказал, что я от скромности не помру?  - Не дождётесь! А самый старший из нас это домовище- Старшак. Он один из нас имеет право носить длинную бороду. Она у него белая как у Деда мороза и  он её заплетает в косичку, если мы на вылазку идём.

Его, видите ли, к нам приставили, чтобы мы своё место знали и не разленились: „Он говорит, что во всём нужно порядок поддерживать и мы должны  перед  ним  за  все  наши  пакости отчитываться“.

Ох, уж эта бумажная волокита, ну до чего пренеприятная штука!

Что думаете, если мы домовые так у нас дисциплины нет?

Ага, как бы не так!

Если вовремя не отчитаешься - враз зарплату урежут и отпуск укоротят.

А как же, у нас тоже своя бухгалтерия в подвале торчит, да в бумажках шибуршится. С ними  нужно всегда ухо востро держать, а то и без штанов можно остаться. Знаем мы их..., один в уме считают, два в свой карман кладут.

Шучу я, шучу, а то вон некоторые уже обижаться начинают.

- Что, тоже так делаете... - нет?

А чего нахмурились, знаете ведь что на обиженных воду возят.

Не сбивайте меня с толку, а то я никогда до конца моей истории не дойду.

Наша бухгалтерия каждый месяц  норовит с нами „натурой“ рассчитаться. Это молочком с пирожками: „Если вам не хватает, то можете в полночь по кухням шастать.“

Это бухгалтерские  слова - не мои. Но мы не унываем, и без них знаем что делать. У наших подопечных, в каком бы мы веке не живём, от ужина всегда что — нибудь да остаётся так что от голода мы не пухнем, и самое главное - добро не пропадает. А ещё в бухгалтерии нужно каждую пакость отдельно описывать.

Если эта пакость, ну очень удалась - (это когда девчёнки слезами обливаются и маму зовут), тогда в конце года мы получаем двойную премию: „Что за премия такая?“

„Да рублики деревянные - правда мы их очень редко видим. В особенности у нас медяки в ходу, но мы не гордые и медякам рады.“

В общем Старшак нами доволен, а мы и рады стараться. В нас же молодость бушует и на месте не  сидится! А ещё с нами Худоба и Пузатик век коротают. Ну, до чего же они разные до сих пор диву даюсь! Худоба  худой, как велосипедное колесо. Его чёрные блестящие волосы, как антеннки, вверх и в разные стороны  торчат. Руки он из своих карманов никогда не вытаскивает.

Это Худоба так свои штаны поддерживает, чтобы они, не дай бог, не упали и его  в конфуз не вляпали..! И крутится,  и вертится как юла припадошная!

От него же всегда в глазах рябит! Столько в нём всякой резвости накоплено, что на него  в упор лучше  не смотреть, а то себе дороже. Надо будет очки солнечные, у кого - нибудь стащить, - может не так глаза резать будет.

А Пузатик  то наш,  ну и кто ему это имечко прибабастистое дал? Так до сих пор и не знаем. Да вы наверное и сами догадались, что он у нас как колобок толстенький. Без сладенького у него день не начинается. Он так нервы свои лечит.

Это его слова, я ничего не выдумываю. И никакая футболка уже не может его животик прикрыть. Ну, и  для чего он её одевает? - Умора да и только. Я только недавно узнал, что у него все футболки  на размер меньше. Ему, видите ли, стыдно большой размер спросить.

Ещё подумают продавцы, что он их для себя покупает. Во даёт!

С ним, ну никогда не соскучишься.

С этими двумя, у нас со Старшаком всегда полнейший стресс.

Они же из - за еды  устраивают такую «кашу малашу»! С ними хоть на кухню не наведывайся. Но  кушать то хочется, вот и приходится с их плохими манерами как - то уживаться.

# Глава 2
# Старый дом

Как я уже раньше говорил, за присмотром домочадцев в прикреплённых за нами домах, мы обязаны работать только вчетвером: „Откуда было такое распоряжение?“

„Да сверху - откуда же ещё, всё то они там «наверху» лучше нас знают!“

Спасибо и на том,что они нам место красивое отыскали, где тот дом находился. О нём я буду по ходу дела рассказывать. Ещё раз этот дом пристраивать, я бы ни за, что не пережил хоть я и домовой. Нервы нам тоже беречь нужно. Век то длинный, а они оказывается со временем укорачиваются.

Нервы, нервами, а этот старый дом уже два года, как пустовал.

Многие его смотрели, но никому он до сих пор не приглянулся.

Это потому, что некоторые домовые „спустя рукава“ последнее время работали. На них бы нашего Старшака напустить!

Зажрались на нет, им видите ли свои дома и даром не нужны. И всё бы по чужим кухням шастать да там бедакурить.

А что ни каких тебе хлопот, спи сколько влезет!

Вот если бы эти лежебоки за бедным домом присматривали и в порядке его содержали, он был бы уже давно пристроен. А теперь нам нужно „кровь из носу“ расстараться, чтобы в него хорошую семью заманить. Нам с будущими подопечными  хочешь не хочешь, а тоже целую вечность под одной крышей жить.

Да и, честно говоря, уже давно надоело без собственного крова существовать.

 Уж очень по - людски пожить хочется.

Мы знали, что перед нами трудная задача стояла, но не до такой же степени! Раньше - то было легче лёгкого, немного припугнул семью, пару словечек в горшок молока нашептал - и семья, как миленькая идёт в выбранный нами дом да ещё и нахваливает!

А сейчас все такие переборчивые стали, что домовые, что семейные.

До того модерность с них прёт просто спасу нет - им только шмотки модные подавай и чтобы к ним была Марка нацеплена.

Я даже на подштанниках эту Марку видел.  И не спрашивайте как она называется, всё равно не вспомню.

Да и зачем я им рекламу делать буду. : Что такое реклама? Я буду позже об этом говорить. Да это и не важно, речь ведь не о подштанниках идёт. Я к тому, что сейчас народ, ну очень разбалованный  пошёл.

Ну да и ладно, не моё это дело. Нам то кроме нас самих никто не поможет хорошую семью подыскать.

И обязательно нужно проверить хозяюшку на вкусные пироги.

Мы домовята уж очень покушать любим.

А кто не любит то? Как только о пирожках вспомнил, аж слюньки потекли! Я вижу Малявка тоже облизывается.

Пироги пирогами, а работёнка была у нас такая, что и врагу такого не пожелаю! А может и пожелаю, смотря в каком настроении я в этот момент буду. Ну и как вдолбить этим людишкам да ещё в короткий срок, что наш дом только им подходит?! Мы конечно и сами понимали, что старый дом нужно полностью отреставрировать:

„Откуда я это словечко выкопал?“

„Да от Архитекторов откуда же ещё.“ Уж я их в своей домовской жизни богато повидал. Уж, чего только от них не наслушался! Короче, на эту тему могу тоже разговор поддержать. Жалко, что они меня не видят, я бы им много полезного посоветовал.

Как вы уже заметили, я очень поговорить люблю.

Главное - уши свободные найти. Например как ваши..., да шучу я шучу! Продолжаю моё повествование дальше.

В пустом доме, только один туалет работал.

Пока до него ночью добежишь...

ну, вы понимаете о чём я.

Не понимаете? Ну значит вы никогда в такой ситуации не бывали, и я вам уже завидую.

Само собой дом не отапливался и как мы в нём не позамерзали от холода, до сих пор удивляюсь. Хорошо что вокруг дома стояли, так мы иногда набег на чужие кухни делали. Ну прям как татары какие – то! Если честно говоря - я вам на ушко шепну, домовые в соседних домах - на нет зажрались. Живут в них веками, и уже забыли что такое куском пирога с соседом поделиться.

Ну да ладно, позже мы их тоже к себе на новоселье не позовём. Они нам ещё завидовать будут! Да знаю я, знаю, вам уже продолжение слышать хочется, но как вспомню то стрессовое времечко, так просто волосы дыбом становятся!

Так вот наводим мы справки среди знакомых домовых, и наконец слышим приятную новость.

Семья из пяти человек должна срочно, в короткий срок подыскать себе другое жильё. А всё из - за того что домовые в том доме, где они на данный момент проживали - на них «зуб» поимели. Не нашли они к сожалению, между собой общего языка. А всё потому, что они на разных языках разговаривали. Ну и как сделать пакость, если тебя в „натуре“ не понимают?!

И чего к семье этой претензии предявлять?!

Надо же было им самим ихний язык изучать. Так нет же они пошли самым лёгким путём.

Обратились в „Совет Домовых“

и там „поскуливая“ упрашивали Старейшин, чтобы они им, как можно скорее другую семью предоставили. Вот тогда они снова почувствуют себя домовыми и начнут от всей души новую семейку разыгрывать.

Ну, не умеют такие лентяи с людьми работать и трудиться разучились. Наслать бы на них Привидение, да других забот невпроворот.

Нужно было срочно к этой пострадавшей семье на всех парусах лететь. И была не была, а попробовать их уломать наш старенький дом посмотреть.

Этот домишко, который мы должны были в короткое время пристроить, был возведён, где - то в 1845 году короче, не молодой и не старый. Конечно, с какой стороны на это посмотреть... -

Блин, какой я умный - сам себе удивляюсь! Слово то какое..,- возведён - откуда - то выкопал. Слова заковыристые так с меня и лезут.

Ой, да за ради бога не спрашивайте кто же его построил!

Мне самому ещё нужно покопаться в Архиве и узнать, кто же был его старый владелец, но это потом.

В первую очередь нам нужно было эту семью домом заинтересовать. А то ведь жалко их, ну и куда они с тремя сорванцами денутся?

Мы и сами на своей шкуре испытали, каково - это без собственного жилья существовать.

Ну погляди - ка , пока я тут перед вами распинаюсь, один домовёнок решил мне бяку подстроить. - Яйцом тухлым в меня целился, скучно ему видите ли стало.

Ну вот чего сюда припёрся, сидел бы дома?! Так нет же, куда все, туда и он. Хорошо, что у меня на таких забияк нюх острый. Отобрал я у него яйца, да за дверь выставил - пусть там немножко помается. Следующий раз будет думать, с кем связывается! Ну всё, я снова спокоен можно и дальше продолжать.

В семье этой было трое детей - двое сыновей и одна дочь. Самого младшего, Джеком звали, - у меня к нему сразу симпатия появилась.

У каждого домового, чтобы вы на будущее знали, должен быть свой подопечный. Так, что я Джека, (самого младшего) из тройки, себе „застолбил“. А что, кто первый встал, того и тапочки.

А как же, я всё всегда делаю по правилам.

Но будущих подопечных нужно ещё убедить, купить пустуюший дом. Вот тут нужна вся наша домовая тактика. Вы думаете, что домовые только на лежанке лежат? Это вы так думаете, а нам нужно было ещё настоящую Маклершу найти.

- „Кто такая Маклерша?“

„Ну вы даёте, - что, телик не смотрите?“

– Ах да, конечно, это же передачки  для взрослых. Тогда объясняю: „Маклерша или Маклер показывает дома, которые никому не нужны, но и бросить жалко. Так вот такие горе - владельцы нанимают Маклершу и та пытается ихний дом сбагрить, а денежки после продажи делят между собой.“

Бесплатно, в нашей модерной жизни, ничего не делается. Да вы это и сами прекрасно знаете. Я уже и сам забыл сколько раз стаскивал с кухни молоко и пирожки, чтобы за край - как нужную вещь расплатиться.

- А что, выкручиваться как - то надо!

 С большим трудом мы, наконец

- то отыскали одну расфуфыристую дамочку.

 Нам нужна была только самая лучшая и покладистая.

Пришлось столько  драгоценного времени на неё угробить, что и не сосчитать!  Просто беда с ней до чего упрямая оказалась. Что только мы ей на ушко не нашёптывали.

Какие только напитки не миксеровали, - витаминчики видите - ли ей подавай. Мы конечно „рады" стараться всяку - бяку  в стакан наливаем, лишь бы ей угодить. Честное домовое слово – даже вспоминать стыдно!

Ну, до чего не опустишься, чтобы дело в нашу пользу выгорело.

После всяких уничижений, в конце концов, помягчела  она душой. И дала объявление в газету: Продаётся распрекраснейший домишко, который ждёт не дождётся  когда его, кто - нибудь со всеми  «потрохами» купит!

Да я и сам знаю, что такие слова ни на кого не подействуют. На такое объявление никого не купишь. Самое главное для нас было чтобы, если газету откроешь – объявление в глаза сразу лезло. Конкуренция ведь тоже не дремлет, каких только выпендристых Рекламок не увидишь! Посмотрите по сторонам и сами убедитесь.

Как только мы лично удостоверились, что объявление чин - чинарём отпечатано, и красуется  на первой полосе, мы смогли наконец - то передохнуть.

Теперь остаётся эту газетку главе семьи под нос сунуть. Ну это уже Маклершино дело, зря мы что ли ей всякой всячины в стакан наливали. За то время что мы с объявлением возились, глава семьи со своей женой, не перечесть сколько квартир пересмотрели. Но ни одна из них им не подфартила. - Мы же тоже в это время не «баклуши» били.

Всем домовым в этих квартирах на лапу давали.

Не „подмажешь- не поедешь" - эту пословицу даже мы домовые усвоили.  Так что домовые в тех квартирах, были рады стараться, всё в тёмном свете представить!

Поэтому мы были уверены, что они со своей ролью хорошо справятся и эту парочку „мило..." со своих квартир спровадят.

Хотел бы я на этот спектакль посмотреть, да времени и так в обрез было. Глава семьи, кстати его Вовик зовут,- уже потихоньку своё железное терпение теряет. Ещё чуть - чуть и взорвётся от злости. А что, мы его, ну очень понимаем. Сами ведь в такой же экстремальной ситуации - или пан, или пропал!

Вот тут - то нам и передали, по домовской линии, - одну пренеприятную новость. Вовик с Натиком домами вообще не интересуются.

Видите ли они ещё о покупке дома не задумывались. Значит нам нужно эту парочку хитрыми путями к дому привести, а там будь что будет.

Наш дом уже сам не свой, боится, что ещё одну зиму не перестоит. Такая скукотища, если по дому никто не бегает и не смеётся. - Так и в депрессию можно  ужом нырнуть!

Он нам сам об этом сказал. Не верите так спросите его сами.

Да уж вам смешно, а нам в тот момент не до смеха было.

Маклерша, расфуфыра - то наша писанная, подкинула нам одну неплохую идейку. Она попробует главе семьи – Вовику ещё одну квартирку подсунуть. А там уже наше дело, как его от неё отворотить. И тогда она в благоприятный момент вытащит свой козырь .

Кто в картах разбирается, тот уже „усёк“, что же наша козырная дама имеет в виду. „Клюнул“ - таки в конце концов Вовик на уловку нашей дамы, то есть на квартиру эту долбанную!

Решили они с Маклершой встретиться и осмотреть её изнутри. Самое главное, в этот раз он без жены был. У неё своих забот полон рот. Ей ведь ещё всю утварь в коробки укладывать нужно. Кто же за неё это сделает, дети что ли? Они ведь тоже ну очень заняты.

Ну - ну, с нашим домовьём они ещё не сталкивались... Ничего, недолго им осталось на свободе гулять. Я им уже сейчас не завидую, как шёлковые будут после нашей муштровки. А что, вы думаете мы только „мерзопакостным“ кровь портим?

Как говорится: „Бей своих, чтобы чужие боялись!“

„Кто это сказал? – А я почём знаю, кто и когда это сказал.“

Пословицы то и есть на то пословицы, чтобы ими куда надо и куда не надо... в лёт бить. Ну ёлки – палки (кстати, это моя личная присказка), снова меня с вашими вопросиками в сторону увело. -

Ага вспомнил, встретились всё таки Вовик и расфуфыра Маклерша.

Ну что за Имечко – то у неё, прямо как кличка собачья, прости господи!

Ну да ладно профессия у неё такая, сама же её выбрала - вот пусть на нас домовиков и не обижается. На обиженных… - правильно, воду и всяку „бяку“ возят.

- Вот ходят они, бродят по квартире и „фифочка“ наша наконец

- то врубилась, что квартира у Клиента интереса не вызывает. Да какой может быть интерес, если наши знакомые домовики над ней уже хорошо поработали. Они же за ночь, все обои пооборвали, во всех углах паутину нарисовали и лампочки повыкручивали.

- Неплохая пещера Алибабы получилась! Они нам сами после этой „Операции“ признались, что уже давно так креативно не работали. Я их понимаю, не каждый день такое случается.

И, что самое интересное - Маклерша этот тартарарам не замечает.

А Вовику всё, так в глаза и лезет !
Представьте себе сами.
- Расфуфыра-фифочка наша...
- „Чего мы её так называем?“
- Ну вы даёте! – Да похожа она на неё!
Самим можно было бы об этом догадаться, что всё спрашивать да спрашивать! Своего воображения не хватает, что ли? Прямо не знаю с кем я тут связался.

Вот всегда так, на самом интересном месте прерывают. Ну так вот, заливается наша дамочка соловьём.

Ах, какие большие комнаты в этом доме и какие они солнечные.

А посмотрите - ка на лужайку, вы можете ею через окно целый день любоваться. И соседи напротив, ну просто закачаешься! И так далее и тому подобное. Вовик слушает её внимательно, а сам ходит из комнаты в комнату и думает:

Вот, до чего халявные  деньги, которые ей пообещали довести могут!

Такую мрачную „халабуду“,

как замок Шехерезады описывает.

Что значит диплом иметь - заболтает так, что мало не покажется.

 Мы - то Вовика насквозь видим, ну всё скоро с крючка спрыгнет, так мы его и видели!

Подтолкнул я Маклершу под локоток, - а что, зря мы её, что ли обрабатывали ?! - Мол давай отрабатывай свои денежки. Она сразу же сменила свою долгоиграющую пластинку и вытащила из кармана свой обещанный „Козырь“.

У неё кстати, есть на примете один клёвый домик и суёт ему газетку под нос где наше объявление стоит. И так, как у них ещё время встречи незакончилось, она может его туда  с удовольствием подвезти.

Если конечно уважаемый клиент не против. Вовик  к такому повороту событий подготовлен

не был и конечно  не смог на быструю руку, никакой увесистой отговорки  придумать.

Только успел подумать, а чего на халявщину не прокатиться.

Так уж и быть, сделаю доброе дело и уделю ей ещё немного внимания.

 Мы его мысли подслушали и как дали дёру с квартиры!

Вот это марафон у нас был, кто бы только видел, так быстро мы ешё не бегали. Нашему Пузатику больше всех досталось. Сам виноват- жрать нужно меньше! Прибежали мы на всех парах до дома запыхались, как паровозы. А нам ведь ещё нужно дохлых мышей со всех углов повыбрасывать,

- Это всё соседская кошка нам постоянно подляну подстраивает.

Как только мы из дому, а она тут, как тут, и всегда своих дохлых мышей в старый дом тащит.

Уж, что мы только не делали - всё без толку!

Такая же ехидная „противозина" оказалась, как и её хозяева. Ничего не поделаешь, всё хорошо никогда не бывает, а то бы скучно было.

- К нормальным кошкам у нас нет доверия. Никогда не знаешь, что у них в кошачьей голове делается. Я где - то слышал, что у них семь жизней. Может и правда, я у них не спрашивал. Уже не в том возрасте, чтобы за ними гоняться и вопросы задавать. - Пока мы в доме, всё лишнее из окон выбрасывали, да по углам рассовывали, аж устали с непривычки. Ранешние жильцы,- чтоб им пусто было - даже не удосужились за собой порядок навести.

Вот всегда так, всю оставшуюся грязь должны мы - домовые разгребать. А нам что, больше всех надо!

Ну да ладно, это надеюсь,  в последний. Мы же не только для себя стараемся!

Уж, так надоело в пустом и холодном доме жить, так ведь и заболеть можно!

И шастать по чужим кухням тоже надоело - пора и честь знать. Сегодня наша дальнейшая судьба решалась и даже Худоба с Пузатиком слажено работали.

А в другое время им бы, только драться да, толкаться. Никакого покоя с ними. И только наш Старшак может их утихомирить. Как рявкнет: Если не прекратите ваши потасовки..... в полночь дома останетесь!

А, кому хочется на ночь голодным остаться?!

Разбегаются они в стороны и делают вид, что делом заняты.

Да лишь бы под ногами не путались.

Но сегодня, даже их не нужно было подгонять. Тоже ведь не дураки и знают, что это последний шанс, нашу халабудину продать.

Только мы успели окна пооткрывать, да солнышко к нам в окна загнать, а Вовик с Маклершей  тут, как тут, и уже во двор на машине въезжают. Ну, что у него за Имечко и откуда он его выкопал?! Оказывается его так жена Натик зовёт и просто тащится от этого! А он со своим Имечком, пусть сам расхлёбывается! А он всегда спокоен ну, что не сделаешь для своей зазнобушки, - пусть хоть котиком называет!

Только представьте себе этого Вовика. Он нас, домовых на три головы выше, а мы ведь тоже не маленькие. Как кулачище сожмёт, мышцы так и играют! Волосы у него русые, кудрявые - прям, как у меня.

„Ну не мужчина, а просто загляденье!“

„Это не я так говорю, это Натик  за его спиной так приятно высказывается.“

Вот бы, мне такую зазнобу, но я ещё молодой и мне не хочется себе петлю на шею вешать. Если честно, то я не нашёл ещё свою настоящую любовь.

„Ну, чего хихикаете то?“

У нас домовых, только по любви женятся. Всякие „шашни“ мы не приветствуем.

Ну, вот я снова на себя отвлёкся.

Продолжаю дальше.

Наша Маклерша с Вовиком уже выходят из машины, а мы вчетвером втихаря из окон выглядываем. Уж очень нам хочется, чтобы наш дом произвёл на Вовика приятное впечатление.

Дом - то наш тоже соображает, если эта семья его не купит, то другим он и даром не нужен. Уж он то прекрасно знает, сколько в него души нужно вложить, чтобы из него „конфетка“ получилась. Да вы и сами наверное знаете, что первое впечатление самое важное.

Если с первого взгляда, кто - то или что - то не понравится - то пиши пропало.

А ещё есть такая пословица: „Встречают по одёжке, а провожают по уму.“

Я до того начитанный, что с меня прёт всё, что я, когда - нибудь за свою долгую жизнь прочитал.

У вас же сейчас проблем нет, если хотите, что - то узнать - спросите у Гуглика в Интернете и вам придёт столько информации назад, что мало не покажется - читай не хочу!

Кто в Интернете шурупит, тот знает о чём я говорю.

Так вот, что бы нам  в доме не заплесневеть, - а сами мы его  в порядок,  ни за что не приведём, - сами знаете, не домовское это дело.

Поэтому мы и решили   нашу „Фифочку“  в коридоре придержать, а то не дай бог, что - нибудь лишнее брякнет. Пусть с главой семьи Вовиком наш Старшак поработает, у него это здорово получается.

На себе испытали, он как волчара вцепится мёртвой хваткой - не вырвешься! Какие уж он ему доводы приводил мы до сих пор не знаем, - это его секрет остался. Да нам то всё равно, пусть хоть луну с неба пообещал, не нам же её доставать. Вовик после осмотра дома пообещал приехать ещё раз со всей семьёй, и если его жене дом понравится, они его обязательно купят. Следующую встречу назначили через три дня.

А мы в это время решили бригаду поломоек заказать, чтобы они всё тщательно вымыли, да лишнее выбросили.

А с нас  домовых то что взять, и кстати, в уборщики мы не подзаряжались. Вот пусть эта бригада свои денежки и отрабатывает.

А что сами виноваты, надо было хорошо учиться, теперь бы в директорах ходили. Но что интересно, иногда поломойщик умнее того, кто с дипломом ходит. Я всё диву даюсь, где они свои дипломы выкопали, а спросить то совестно. Ещё в суд потащат за клевету, приходится рот на замке держать.

Ну, да ладно, у нас домовых своих проблем хватает. Всё со слухами боремся – то ли мы есть, то ли нас нету. Да какая разница, места ведь всем хватает. Ровно через три дня,  чин чинарём, вся семья к дому прибыла.

Как, только в дом вошли, такая кутерьма началась, - хоть из дома беги!

Детвора начала комнаты между собой делить, чуть не разодрались.

Но мы уже заранее для Натика и Вовика самую солнечную выбрали.

А как же, её настроение на всём отражаться будет.  Да хозяюшки и сами знают, -

без хорошего настроения тесто для пирогов плохо поднимается.

И всегда всё пересолено или недосолено. Мы на своей шкуре - это много раз испытали. Вот поэтому наша Натик должна, как „сыр в масле“ кататься и ни в чём не нуждаться. Джек - это мой будущий подопечный, выбрал себе комнату напротив кухни.

Его старший брат Качок и сестра Выбражуля, наконец - то тоже довольные остались.

А мы уж, как радовались, вот теперь шали - не хочу, а то ведь не для кого было наши трюки придумывать. Но этим займёмся попозже.

В, это время семья была до того увлечена делением комнат, что не заметила, а дом - то старый,  - до невозможности!

Пока они его до ума доведут  не один год пройдёт… А нам честно говоря, за то что мы им пыль в глаза напустили, даже стыдно  не стало. -

А, что  на „войне, как на войне!“

Для нас очень важно было, что мы наконец - то постоянных хозяев приобрели и  дом оказался в хороших руках. Ну, а теперь начинается самое интересное. Пока шёл ремонт, мы были „тише воды, ниже травы“. Нужно было дать семье время, в дом в срок вселиться. Да у нас и самих не хватало сил на проделки. Работа шла так быстро, что мы только успевали из комнаты в комнату перебираться.

Ну нигде нам спокойствия не было. Мы только диву давались, до чего в доме светло и чисто стало.

Окна блестели на солнце, двухлетняя грязь исчезла по мановению палочки,а полы скрипели под ногами, так их хорошо отмыли.

Интересно, а за что мы бригаде  „поломоек“ деньги платили? Они ведь сказали, что лучше их никто не смог бы убраться. Вот и верь всяким фирмам. Надо будет у них  покуролесить, когда у нас время появится.

Я им уже сейчас не завидую.

 Но в этот момент мы все ликовали, наконец - то вода по трубам потекла холодная и горячая! Вовик с Натиком каждый вечер, после трудового дня к своим деткам уезжали.

А мы на кухне доедали кусочки пиццы, которую собственоручно  делала и запекала наша хозяюшка.

„Что такое пицца?“

Попробую объяснить: „Замешивают тесто, раскатывают его в круглую лепёшку и бросают на неё всё, что в доме с продуктов найдётся. Посыпают сверху натёртым сыром и ставят в горячую духовку на 20 минут.“

Откуда я это знаю? Я вообщем - то очень любопытный, и всё новое всегда досконально изучаю.

А в еде я очень и очень разборчивый - надо же знать чем тебя кормят. Пицца была до того вкусная, - пальчики оближешь! Можете и сами попробовать свою собственную пиццу испечь.

# Глава 3
# **Знакомство**

Меня часто спрашивают о Привидениях. Видел ли я хоть одного из них или нет? Я даже не знаю, как на этот вопрос ответить.... и не соврать. Одно скажу, на то мы и домовые, чтобы свои дома от них охранять,  так как есть разные привидения, хорошие и плохие. Но, что самое главное, если такое приведение заведётся, то его очень трудно за дверь выставить. Мы такой случай на себе испытали.

Когда мы с нетерпением, ожидали переезд нашей подопечной семьи, то решили залезть ещё раз на чердак и проверить, а не завелись ли там летучие мыши. А то нет - нет да  что - то там наверху шибуршится.

Мышей мы не обнаружили, зато увидели прозрачную тень, которая пряталась за балками. И такое оно упёртое оказалось!

Знает ведь, что мы его видим, а выходить знакомиться не желает. Честно говоря от него никогда  не знаешь чего ожидать.

„Кто сказал, что домовые тоже не подарочки?“

Вы же нас не видите и откуда вы про нас всё - то знаете? Ага, то - то же, сразу примолкли.

Вот теперь я знаю, кто о нас всякую  ерунду рассказывает! Ну ничего... попозже разберёмся .

Так вот, у нас с Привидениями между собой секретов нет. Мы друг друга в натуре видим и поэтому нам под одной крышей  очень трудно ужиться.

Про все его пакости, мы конечно не можем знать, - не будешь же за ним целый день следить. У нас тоже есть своя личная жизнь. Привидение конечно может хоть, что наобещать, но в конце - концов не удержится и начнёт снова борзеть: „А, как это?“

Ну вот, так и знал, как всегда, нужно всё разъяснять. А вот, как - оно выбирает себе стул на колёсиках, садится на него и катается по понравившейся ему комнате туда – сюда, туда - сюда, пока не надоест и преспокойно поставит его снова на место.

А переполоху - то, переполоху, сколько из -за его затеи. Это оно, опять норовит своим старым трюком детей удивить. И что вы думаете - это ему всегда удаётся!

А дети ведь очень впечатлительные. Видят, что пустое кресло по комнате катается, но не могут сообразить,что Привидение с ними только пошутить хочет!

Они конечно в слёзы ударяются, спать не могут и бедным родителям - тоже спать не дают. Вот тогда в наш адрес столько нелестного услышишь...!

„Мол, не можете за домом уследить, - развелось тут всякой всячины!“

Ну и так далее и тому подобное. Сколько мы уже хозяев, за свою жизнь вечную потеряли и всё только из - за какого - то Привидения!

Поэтому в этот раз, мы больше не были такими легковерными, как раньше. Решили мы уговорить, это сиятельно - прозрачное, наш чердак добровольно покинуть. Что интересно, ему даже на руку, если дом брошенный стоит. Оно всех от него отпугивает.

Завывает по ночам, совой ухает и если кто-то мимо дома проходит, он тут - как тут - в окне свою „мордашку" показывает. Просто тащится, если о нём жутики рассказывают.

Но не бойтесь, плохих Привидений почти не бывает. А если одно, где - нибудь заведётся, то его домовые сообща вычисляют, уму разуму учат и в „Дом привидений" пристраивают. Если вы побольше об этих и тому подобных хотите узнать, - входите в Интернет.

Любую информацию о них - там найдёте. Здорово придумано и в библиотеку ходить не надо. Уж сколько я за свой век архивной пыли наглотался, что если всё вместе взвесить...

даже знать не хочу - сколько это будет!

А откуда я про эту Гугликову программу знаю?

Так от Джека - моего будущего подопечного. Я же за ним уже давно наблюдаю. Мы домовые „кота в мешке" не покупаем. Он ночами за компьютером сидит, и всё по клавишам стучит.

Я тоже пробовал, но у меня так быстро не получается.

За ним же не угонишься.

Кто - то уже руку тянет - вопросик у него созрел - видите ли .

Так это же домовёнок, который хотел в меня тухлыми яйцами швыряться.

Может хоть сейчас что - то путное спросит!

- Ну, давай твой вопрос: „А что такое компьютер" - спросило это чудо.

- „Ну, ёлки – моталки, да что  ты за домовой такой, даже этого не знаешь?!“

Ах да что с него взять, он же всё своё время за дверью торчит. Когда же ему на курсы по повышению своих мозгов ходить?

- Объясняю для всех: „Компъютер это такая хитрая премудрость, что сами  вы  в ней ни за что не разберётесь!“ Поверьте мне  на слово - я уже пробовал.

– Во внутрь советую не влезать, а то шарахнет. Лучше на  курсы  новичков  походите,  вам  ведь тоже нужно ко всему новому приобщаться.

А то в одно прекрасное время, перестанете модерных мальчиков и девочек понимать. Они же уже  с  детского  садика,  эрудированные  до невозможности выходят! Даже мне Красавчику, самому башковитому из нашей четвёрки, всё тяжелее за ними угнаться.

Старшак - наш бородатенький, тот уже и не пытается в нынешней молодёжи разобраться.

Он всегда говорит : „Мне мои нервы дороже и этот долбанный компъютер тоже не  про меня.“ Видите  ли он от этого ящика агрессию чувствует и уснуть не может. Ну, прям как маленький.! Через пару вечностей он надеется на пенсию податься.

Но это, как „Совет Уважаемых“ решит. У нас не так - то просто, уйти на покой и ничего не делать.

Домовички должны только о других думать, и из одной вечности в другую перебираться. Поэтому, в данный момент, он не больно то и упирается. День прошёл да и ладно.

Я за него немножко переживаю,  а что же он в дальнейшем то делать будет? В наше время все уже в Интернете встречаются и там же друзей заводят. А он с такими взглядами на жизнь, один может остаться. И ещё его, ну просто до одурения, ихние мобильники раздражают. Этот телезвон, - как он говорит – у него уже в ушах стоит. Я уже заметил, что Старшак в последнее время, до ужаса  нервенный стал.

Поэтому мы его только в экстремальных случаях подключаем.  Например в том случае, где он Вовику   „лапшу на уши вешал“. Что за „лапшу“ такую, мы не знаем, главное Старшак ему наш дом старенький   сбагрил. Он у нас мудрющий,  так что  и  без  компъютерных программ прожить сможет. Он знаний за свою вечность порядочно накопил,  хоть кого уму разуму научить может.

А вам, молодым домовым, без всяких курсов ни за что  не обойтись.

Не у всех ведь в доме есть такой подопечный, как мой Джек, который со мной всем новым делится. Честно говоря, он то и не знает, что я у него за спиной стою и всё себе на ус наматываю. А не будете со всем новым в ногу идти, то вас возьмут и когда - нибудь на домовых роботов поменяют.

Да шучу я шучу, - без нас то всё равно не обойтись. Нас же не надо на ночь заряжать и, к тому же, мы не ломаемся и живём вечно. Так что с нами хлопот почти нет.  Но вернёмся снова, к нашему сиятельному Привидению.

Мы с него в конце - концов, вытянули нужную нам информацию. В доме оно уже пару столетий проживало.

И дальше бы мирно существовало - так нет же домовой его попутал! Да, что со скуки то не сделаешь?!

Слушайте, что он нам, там на чердаке рассказал. Вот, как дело было... Он, оказывается, был приставлен к хозяйке, у которой были две взрослые дочери. Они ему до невозможности своим нытьём надоели и то не так, и этак не сяк! Он с ними в короткое время чуть не „рехнулся“!

Пока до этого дело не дошло, решил он над ними подшутить.

Дочки сидели целыми днями за столом, семечки лузгали и про всех сплетничали.

Вот он и начал им, мозги „компостировать“. То посудой в шкафу погремит, то шелуху от семечек по всей комнате рассыплет.

Ну, что это за слово такое  старомодное - лузгают ? Да и слово щёлкают тоже не лучше. И что с Привидения  взять то, оно же давным - давно в школу ходило.

А современному разговору кто его учить то будет, - даже мышей в покер он сам играть научил, - чего только от скуки не сделаешь!

Но и это ещё не всё. Наше сиятельное на себя мешок дырявый натянет, (правильно поняли, чтобы его видно было), и ночью к каждой дочке в гости заглянет. Естественно, они утром своей мамаше на него жалуются.

А Привидение хоть и древнее, но  хитрое - к хозяйке то оно ни разу не объявилось.

Он подумал: „а зачем я буду моё бесценное время тратить“, дочки - то, о его похождениях всё равно каждый день рассказывают».

В конце концов мамаше надоело своих дочек успокаивать - и скрылись они в неизвестном направлении, даже адреса не оставили.

Вот с тех пор и стоял дом пустым. Ну и сам виноват нечего теперь жаловаться, надо же во всём меру знать! Это же женский пол, они и так от любой тени шарахаются. А тут ещё, какое - то Привидение объявилось. Я бы тоже на их месте дёру дал, кто же своих пугает?! Он нам сказал: „Если бы не мыши, с которыми он иногда в картишки перекидывается, он бы со скуки с крыши сиганул!“

Вот у нас домовых, всё совсем по другому. Мы живём по правилам, а как же, без них ни шагу. Когда наконец то Вовик с домочадцами в дом вселились, для нас началась неблагодарная работа. Нужно было наши домовские правила, всем членам семьи по полочкам разложить. Это значит показать им, кто здесь всамделишний хозяин!

Я например, в комнате у Джека, когда первый раз дверцу шкафа открыл и ею покачал, - то он чуть с воплями из комнаты не выскочил! Я тут же дверцу на место вернул, и на некоторое время затих. Вот так я его потихонечку приучал, кто же здесь хозяин. В конце концов, ему надоело родителям жаловаться. А его брат Качок, тот вообще на его жалобы внимания не обращал и всегда фантазёром обзывал.

Поэтому Джек смирился, что я у него иногда порядок  навожу и уже не обращал на меня внимания.

Только иногда, когда я в его компъютере в полночь шурудить начинал, он терял терпение и начинал меня стыдить:

„Эй домовой, имей совесть, мне же завтра рано утром вставать надо

Ну, блин, и откуда он обо мне узнал?“

До сих пор не знаю, кто ему обо мне рассказал. Мне почти всегда стыдно  становится, если он мне вот такие нотации читает. Но важнее для меня, чтобы он компъютер не выключал.

А то меня в последнее время бессоница одолела.

Я же не до конца про Приведение рассказал, всё куда - нибудь в дебри влезу.

Короче говоря, выслушали мы его историю и жалко его нам стало.

Но, доверия у нас к нему всё равно ни капельки не прибавилось.

Он ведь, как маленький, всё равно рано или поздно, в какую - нибудь историю вляпается. Ну, натура у него такая мерзопакостная, он и сам не рад, что такой уродился! А если мы его с чердака выгоним, ну и куда он пойдёт? Родственников своих  он уже давным - давно растерял. Семьи так и не завёл, и о детях приблудных тоже ничего не знает. И кому он на старости нужен? В Пансион для древнейших, где такие, как он живут, и  в ус не дуют он тоже идти не хочет.

„Вот умора, знаете, что он нам по этому поводу сказал…?

Там же одни „старики - сиятельные" живут, и что я с ними там делать буду?"

Вот даёт, он себя, оказывается, ещё молодым считает.

И поэтому, когда никто не видит - любит маленько, покуролесить.

Мы ему конечно условие поставили, - до сих пор, - и не дальше.

Куролесить запретили - пора и честь знать.

На третий раз вылетит, как миленький, с чердака, если мы его с поличным поймаем.

- Уж как он нас благодарил, мы даже расчувствовались.

- Всё лето было тихо на чердаке и мы про него совсем забыли.

Да, чуть не забыл, если кому - то мои слова заумными покажутся, он может их в словаре „Домовиков и Привидений" расшифровать:

„Где этот словарь находится?"

„А я почём знаю, - вам надо, вы его и ищите. Ну вот, я опять с мысли сбился."

- Хотел ведь дальше о нашей новой семье рассказывать.

Времена то какие интересные были! Я, и мои друзья, раз в месяц план разрабатывали.

Где, когда и над кем мы будем свои знания проверять.

Нам тоже ведь иногда встряска нужна. А то зелёным мохом покроешься ничего ни делая. Мозги нужно постоянно подпитывать новой информацией. Чтобы память на старости лет не отшибло. Жалко будет, если вы сами себя в зеркало не узнаете. Ну так вот, хозяюшку мы с нашего плана исключили.

Уж очень она вкусные пироги с разной начинкой печёт, просто объеденье! Такие запахи стоят по дому, что слюньки текут. Сегодня, я могу вам по секрету сказать, - чего греха то таить. Мы и днём со стола что - нибудь из печёного стаскивали. Нас то всё равно никто не видит, а до ночи ждать, ну невтерпёж было. Натик всегда столько всякой всячины на любой вкус готовила, что все всегда сыты и довольны были. А про нас и говорить нечего.

Вовика пришлось тоже с Листа вычеркнуть. После того, как он нам чётко сказал:

„Будете бедакурить - пеняйте на себя!“

Ну, вот такой большой, а шуток не понимает! Мы так и не поняли, а откуда он взял, что мы Домовички ему шнурки на ботинках завязали?!

Да ладно уж, ладно, - этот трюк Худоба у детишек подсмотрел. Вот и решил сам попробовать, авось получится. Вот и подшутил над ним маленько, с кем не бывает.

Могли бы, что и похуже придумать.

Но нельзя, - так как он наш добытчик, каждый месяц зарплату, как штык домой несёт.

Не „растринькивает“ её, как некоторые.

Финансами в семье занимается зазнобушка Натик, да так и должно быть. Мужчины в этом деле, ну ни фига не понимают. Это я вам точно говорю. Сколько раз я наблюдал за мужчинами в день получки.

Они ведь деньги на „кон“ сбрасывают, и если не добрали, то эту процедуру снова повторяют. И так пока деньги не кончатся, или жёны вовремя не появятся.

Тогда пиши пропало, прощай драгоценная „заначка“!

Но наш Вовик „заначками“ не интересуется, потому, как деньги у него всегда водятся.

Это благодаря Натику, она лучше всякого финансового министра деньгами распоряжается.: „Кто такой финансовый министр? Это человек, который распоряжается чужими деньгами и заляпывает ими появившиеся в кармане дыры.“

Все со стороны  за ним наблюдают…

и удивляются, сколько ему не давай, а дыр то - всё больше и больше становится.

 Всё - как в прорву! Не верите?

А вы сами проверьте. Я давно живу и всякого повидал. - Ну и кто у нас остаётся? Старшего брата Джека мы совсем редко видим. Он уже в собственный дом перебрался. Как - то от наших знакомых Домовиков  услышали,  что  его собственные Домовые „закалебали“.

Уж, что он с ними не делал и выгонял, и снова принимал  назад,   ну никакого толку, - что выросло, то выросло! А они за его спиной хихикают  и  поговаривают:  „Это,  чтобы ему !“служба мёдом не казалась.“ Во дают, просто страх потеряли!

 Так и сыплются с меня разные пословицы, просто удержу нет.

Нужно, как - нибудь в Гуглике поискать, кто же их, когда - то написал. А то за Плагиат ещё и по башке могут надавать!

- объяснение для тех, кто с этим словечком ещё никогда не встречался.

Плагиат - это когда откуда - то, что - то списывают, и не указывают того, кто - это уже первым придумал и быстренько всем показал, и под ним своим полным именем расписался.

Ну, знаете, если я буду каждого по всему свету разыскивать и с ними знакомиться, так и вечной жизни на  всё, - про всё, не хватит! Я Детективом не нанимался, пусть радуются, что я их пословицы  все наизусть знаю, и дальше ими делюсь. А вам, по - дружески, я могу только посоветовать, если что - то списываете делайте так, чтобы всё шито - крыто было.

Не маленькие ведь, не мне вас учить. Да шучу я, шучу, -  шутки у меня такие дурацкие, ну не могу удержаться, что бы кого - нибудь не спровоцировать! Малявка, который хотел в меня тухлыми яйцами  швыряться, и тот понял мою пресную шутку. Сидит себе и усмехается, небось постоянно у соседей по парте списывал. Но, как говорится, не пойман - не вор. Ну и чего я на него моё драгоценное время трачу?! Он ведь мой чистенький костюмчик чуть ядовитым  желтком не замарал. И чего, спрашивается, я его до сих пор здесь терплю?

Да ладно уж, пусть себе в углу сидит, может когда – нибудь, что - то путное спросит.

# Глава 4
# Худоба

А теперь, расскажу - ка я вам смешную историю, про моего друга Худобу. Он за сестрой Джека „ухлёстывал".

Кто это слово ещё не понимает, тот может у папы спросить. Уж он это слово в „натуре" знает!

Конечно я немножко палку перегнул, когда сказал, что Худоба за ней ухлёстывал. Она то его не видела и что бы он не выдумывал, она его стараний не оценивала. Эта Выбражуля – мы её так между собой называли, всех его мучений не стоила. Но попробуй - ка ему об этом скажи, такой "хай - вай" поднимет, что хоть в лес беги!

А так, как у нас леса поблизости нету, то мы и молчим в дудочку.

Трудно конечно, но мы же себе не враги, нам с ним ссориться ну, никак нельзя. Как ни как, а друг всё ж таки. Хорошие друзья в наше время на дороге не валяются. Да и связываться с ним не охота худой, худой, а нас может так отколошматить,что мало не покажется!

-Ну так вот, пока Худоба для неё ещё один трюк подготавливал, чтобы ей „подфартить" она возьми и пригласи к себе на вечеринку девчёнок и мальчишек. Худоба от ревности чуть не лопнул, когда он всю эту „шоблу" увидел!

Да не по настоящему лопнул, это так в народе говорят. Со всеми неувязочками, обращайтесь к моему Адвокату.

Кто не знает, чем он занимается, то сразу объясняю. А то ведь меня всё равно, некоторые „требушить“ будут, всё то им знать надо. Адвокат, это такой рыцарь - защитник, который вас от всех обидчиков выручит и прикроет,- кому что в этот момент понадобится.

Уж каких он только лазеек в своём Законнике не отыщет, чтобы своих клиентов из вонючей ямы чистенькими вытащить!

Ну и работёнка неблагодарная, я вам скажу, но хорошо оплачиваемая. Это только у нас, домовых, молоком и пирогами - в лучшем случае, медяками рассчитываются. А Адвокат то, хорошо пристроился, только „зелёненькими“ берёт, вот поэтому - то он на новом автомобиле ездит, а мы до сих пор пешком ходим.-

Ну, вот опять я въехал куда - то, но не туда, куда надо. Ну, прямо дежавю какое-то со мной происходит. Вот так же, много, много лет назад рассказывал я другим маленьким домовятам о нашей разбитной домовой жизни. И, что я заметил они совсем не изменились, такие же любопытные остались.

Только „шмотки“ стали другие носить и вопросики задают позаковырестее.

Но, продолжаю свою историю про Худобу. Он то о гостях узнал, как всегда,  в последний момент.

 Нечего было шастать где попало:
„Это я так о нём, втихомолку подумал.“

Хороший домовой должен свою работу заранее планировать. А то ведь и  впросак можно попасть. Вот такой познавательный случай с ним, в тот раз, и произошёл. Он  за дверями остался.

Уж он - и туда, и сюда метался, и в замочную скважину заглядывал, да много - то увидишь, в эту маленькую дырочку?! Да ещё, если ключ в дверях изнутри торчит! Неприятное состояние, я вам скажу, когда тебя за человека не считают и приглашение не шлют. Этот случай, надо на своей „шкуре“ испытать. Мы Худобе в этот момент ну, очень сочувствовали, а что, и врагу такого не пожелаешь.

Вот тут я и вспомнил про наше чердачно-сиятельное Привидение и предложил к нему по - дружески обратиться.

Оно, наверное, там наверху, уже плесенью покрылось, - от ничего не деланья.

Вот и пусть своё проживание у нас в этот раз отрабатывает. Заодно и задаром повеселится  от души. Пока оно ещё там на чердаке, желание к своей некчёмной жизни не потерял, и с „катушек» не скатился.

С этим словом можете к папам обратиться, уж они это слово, как миленькие знают.

Решили мы к нашему Привидению вчетвером отправиться.

Ну прям, как дипломатическая  Делегация. Я ещё подумал, что он нас уж точно, по одиночке слушать не захочет. Честно говоря, я бы к нему один и сам ни под каким видом не пошёл.

Уж, очень он  „непредсказуемый“, никогда не знаешь, что у него на уме. - Да и зрение у него похуже стало, а очки носить он  ни в какую не хочет.

Видите ли, он в них будет плохо выглядеть. Фу - ты, ну - ты, ножки гнуты, да кто ж его „полупрозрачность" на чердаке увидит?!

Бестолку было ему, что - то в его башку „втемяшивать". Так и не уговорили мы его очки одеть, а теперь бойся к нему на поклон идти.

А вдруг не узнает нас да начнёт, чем попало швыряться!

- Но, была не была, а то Худоба уже ногами «сучит», вечеринка то в самом разгаре. А он вдолбил себе в башку, что за Выбражулей глаз да глаз нужен. Как бы не хотелось, а идти к нашему Привидению на поклон „край" как нужно.

А может и правда, что - нибудь дельное в нашем случае предложит. Когда я вспоминаю, как мы его „уламывали", так до сих пор волосы дыбом поднимаются - ну до чего он мелочным оказался!

Сперва нам все свои обиды, как на блюдечке, преподнёс: „Такие мы рассякие", держим его, видите ли, на чердаке под замком. А теперь, как ни в чём не бывало, вламываемся к нему без всякого предупреждения!

Вот даёт, вот заливает, и как это, интересно, мы смогли бы его предупредить?

Он ведь сам затаился, там наверху, и даже телефона не завёл! Да, что со старого возьмёшь совсем ум потерял. Но, само собой, мы его целый час выслушивали. А куда деваться то, на то мы и Делегация, сами ведь "припёрлись," никто нас не приглашал.

Мы сделали вид, что его очень внимательно слушаем, головами согласно киваем, тяжело вздыхаем и даже понарошку прослезились. Короче говоря, всё делали, как надо. Пока нам, наш Пузатик чуть всё „представление“ в унитаз не слил...! У него ведь, уже в животе бурчит и поэтому он Привидение в пол - уха слушал и в это время от скуки чердак рассматривал. Мы замучились его уже под локоть толкать.

Он ведь всё норовит невпопад головой кивнуть, не там тягостно вздохнуть, и даже не соизволил в конце прослезиться. Ну что, так трудно, всё это по порядку сделать?! Так нет же, у него всё наперекосяк пошло.

Ну, никакого уважения к нам и в особенности к нашему древнему. Оно, уже с подозрением на Пузатика поглядывало.

Если бы не Старшак – я бы сейчас здесь, эту историю не рассказывал.

А что, с этого древнего станется, превратил бы нас в лягушек или, что ещё хуже,- пожаловался на нас в „Совет домовых“.

Но Старшак, к нашему облегчению наше Привидение вежливо,но в тоже время очень строго прервал.

Мол, делу время, а потехе час, так что древний ты наш, закругляйся, а то мы уже вскипать начинаем! Привидение привидением, а быстро усекло, что нас то четверо, а он один. И сразу такой ласковый стал,- ох не к добру это!

Оно, вытащило в этот момент потрёпанный каталог, где находились всякие трюки. В нём было всё, что душенька желает.

Но, с одним условием - сперва мы должны его услуги  оплатить, и только потом он будет с нами дела иметь.

Ну что за порядки везде пошли, - даже на чердак модерные времена пришли!

Да чем мы платить - то будем,  - пирогами и молочком, что ли? „Зелёненьких" то у нас не водится. А откуда им взяться то, мы же домовые народ честный. Ещё до нас, много веков назад, Совет домовых постановил... „Зелёненькие" в оборот не пущать!

А то не дай, домовой бог, придёт в голову молодым домовым, по заграницам ездить. А там, смотришь, они совсем за „бугор" смотаются.

Чтобы такого никому в голову не пришло, они издали свой за уши притянутый закон - в дальнейшем, только натурой расплачиваться.

Их законы  то уже давным - давно устарели, но они всё так  же  за старое цепляются, а нужно ведь „в ногу со временем" шагать. - Сколько же шума и гама было после того, как древнейшее нам свои условия выдвинуло!

Худоба уже так изнервничался, что его чуть кондрашка не хватила.

Пузатик уже по углам палку ищет, чтобы древнейшее  по спине отходить. Старшак пока всю ситуацию в руках держит. Но вижу, что и у него  домовское терпение кончается. А его из себя не так - то просто вывести, нужно ну очень постараться!  Недаром я его уже полвечности знаю, успел вдоль и поперёк изучить. Какое - то наидревнейшее будет нам здесь  свои правила устанавливать?! За всю сознательную вечность у нас домовых, не было такого зарвавшегося Привидения.

Ну, совсем страх потерял! Мы переглянулись и стали с четырёх сторон круг сжимать. Ну, „хана" ему пришла! Нам думать некогда было, что он из светящейся Тени состоит. Ну и как мы его ловить будем и колошматить?

Да, загвоздочка вышла, пришлось вовремя одуматься и сменить нашу тактику.

В таких безвыходных ситуациях я, то есть Красавчик, - на все руки мастер.

А уж, если что - то пообещать, то мне просто цены нету! –

Вот я и стал ему... обещать, дескать, мы всё в короткий срок уладим, егонные жалобы все до единой рассмотрим и в следующий раз - за столом переговоров обсудим. Вы что - нибудь поняли, что я здесь наговорил? Я тоже не понял, но, что интересно - в тот раз сработало и наше сиятельное решило нам (в долг конечно) помочь.

Так как поняло, что у нас времени в обрез, что бы по зажиточным домовикам бегать да деньги клянчить.

После таких стрессовых переговоров, можно и в „ящик" сыграть, - прости господи!

Каталог свой оно в сторону от греха подальше убрало, а то в воздухе, от старости, невзначай рассыплется. И начали мы кумекать, как же Худобу в комнату его Выбражули незаметно впихнуть. Да пробовали мы, его пробовали в замочную скважину запихнуть! Он хоть и худой, а посередине застрял, так мы его еле живым назад вытащили.

И кто это, интересно, из нас четверых, эти заумные математические расчёты делал? До сих пор не знаю, а то бы он лично от меня в лоб получил! Чуть мы в тот раз Худобу не потеряли.- Вам то смешно, а нам в тот момент, не до смеха было.

А нашему - то Привидению двери не нужны, он и через стены может запросто проходить.

Вот, так я и знал, что этот Малявка, с тухлыми яйцами, заковыристый вопрос задаст: „Как же забыли о нём!"

„А чего это, оно так долго на чердаке торчало? Могло бы, через стены в тёплые края сигануть, так бы вы его и видели!"

- Ну сразу видно, что это Малявка, такой дурацкий вопрос задал.

- Ему жизнь не успела ещё рожки пообломать!

Для особо непонятливых объясняю: „ От себя всё равно не убежишь, хоть на кудыкину гору залезь и  везде хорошо, где нас нету. Капито? Понятно спрашиваю?"

Да и вообще это же его дело, чего оно на чердаке сидит, нам - то какое дело, - каждый по своему с ума сходит. Вернёмся, всё -таки, к нашей безысходной ситуации. Блиндыр - цилиндыр, я сам себе всегда удивляюсь и откуда с меня такие интеллигентные слова сыплются?! Сегодня вечером нужно  Джека поблагодарить, за моё обалденное образование.

Если бы не он, который себе покоя не даёт, и меня заставляет вокруг себя крутиться: „И где бы я сегодня был?"

- Хороший вопросик, в самую точку попали.

- В углу бы сидел  и с его котом менкуном которого - кстати Тайлером зовут, в переглядки играл, кто кого переглядит. А я в данный момент перед вами, мою захватывающую историю рассказываю. Писателем заделаться, что ли?

Но это попозже,  без хорошего обдумывания я никогда, ничего не делаю.

А сейчас мы сделаем паузу. Некоторые уже на стульчиках „ёрзают“, а  попроситься в туалет стесняются. Через 10 минут, чтобы  на местах были, кто опаздает, тот сам виноват,- пропустит самое интересное.

Мне в домовичках жуть, как нравится, что они такие беззаботные - вон вприпрыжку побежали!

Ходить ну совсем не умеют. Неужели, и я несколько столетий назад такой же был?

Вот пусть и остаются ещё  долго – долго такими же лёгкими на подъём.

Я даже не заметил что, пока мои мысли  где - то далеко витали, а домовята  уже все как один, на местах сидят и продолжения ждут.

Я рад, что их моя история захватила. Сейчас домовичкам и в голову не придёт, что - нибудь натворить, а их родители могут на один час забыть свои проблемы и надеюсь, - благодаря мне, приятно проведут время.

У меня, их проблем пока нет - собственных домовят пока не предвидится.

Я ещё в молодости себе пообещал, если женюсь, то только по любви!

А сейчас  меня нет- нет, да одна противная мысль  гложет. Ну и кто меня за язык то дёргал!

Такой разборчивый был, просто до одурения! Каждый раз думал, а может это не та любовь, которую я ищу, подожду – ка ещё маленько, пока она меня сама не найдёт.

Вот сейчас, и пожинаю плоды, чужим домовятам свои байки рассказываю.

Да ладно чего уж там, нечего меня жалеть, а то какой - то ком в горле застрял, и глаза пощипывает! Старый, наверное, становлюсь - но это только между нами!

Все должны думать, что Красавчику „море всегда по колено“. Ну вот опять я всё о себе, да о себе, а домовята уже давно продолжения ждут.

Предложило всё же нам наше чердачное неплохую идейку.

А куда ему было деваться - то?! Решило оно, незаметно проявиться, когда малость стемнеет,

тоже правильно - кто же, его сиятельное величество, днём - то оценит?

Перед его выходом нам тоже нужно было сил набраться, и перекусить не помешало бы. Всё забываю, что мне моя мама в детстве говорила: „кушай, мой домовичок, три раза в день - и тогда тебе всё нипочём будет! Она меня всегда баловала, когда я у неё гостил, и я всегда боялся на пару килограмм поправиться. Но до чего же всё вкусно было! А теперь не забыть бы, днем один раз поесть. Только одному Худобе в этот момент не до еды было, он всё время боялсячто гости разойдутся, и безнаказанными останутся. До того нам своим „скулежом“ надоел! Пришлось ему пригрозить, если он не успокоится, на короткое время, мы его с

Привидением и его друзьями мышами, на чердаке запрём! Пусть там, наверху, с ними в покер поиграет, может охолонет малость.

Я всё думаю - и откуда у древнего всегда денежки водятся? Может он их у мышей выигрывает, а нам говорит, что на  каталоге зарабатывает?! Не забыть бы у мышей спросить, а то эта мысль мне покоя не даёт. Угроза на Худобу, наконец - то подействовала и тишина наступила - просто благодать!

Мы только успели по куску пирога и по стакану молока со стола стащить, как  на улице уже стемнело. Попробуйте - ка днём, что - нибудь незаметно со стола стащить.

Когда на кухне всегда кто – нибудь из членов семьи шастает. Стресс для, нас домовичков просто обалденный! Всегда ведь есть угроза с кем- нибудь, ненароком столкнуться.

Они же на тебя прут, только уворачивайся - нас же они  в упор не видят!

А когда Пузатик замечает что, на тарелке последний  кусок  остаётся..., и Качок,- это старший брат Джека, норовит его у всех из под носа увести...,

ну всё - тогда шутки в сторону!

Пузатик подкатывает колобком к столу..., хватает из - под носа Качка  кусок пирога и - дёру по коридору в нижний подвал. Уж там, его никто не поймает, а главное не найдёт! Качок, этот „шок“сам, себе заработал. Он ещё когда  в доме жил, то всегда норовил, нам „подляну“ устроить - ну ни крошки нам не оставлял!

Ну да ладно, теперь он со своими домовыми, у себя дома воюет. Теперь представьте себе такую картину - Качок протягивает руку к тарелке, а тут кусок пирога „взлетает“ в воздух, и быстро летит в сторону коридора.

Попробуй – ка Пузатика поймай, когда желаемый кусок ему уже в руки попал! Он так грациозно, и легко лавирует между всеми, что мы глядя на его выкрутасы, забываем о его животике. И даже Худоба, его закадычный друг, не может с ним конкурировать, если речъ о пирогах идёт. А как отреагировали на эту „хохму“ присутствующие?

Да как всегда, каждый раз забывают об этом «трюке» и начинают по кухне друг, за другом бегать, орать, толкаться и руками махать.

В этот момент, у них на пути лучше не стоять - потопчутся по тебе, и не заметят.

Ну что за народ такой тупой, даже ни разу не поинтересовались, а куда же кусок пирога, каждый раз девается?! Они от испуга, ну просто, невменяемые становятся. В такие минуты мы, просто наслаждаемся, всей этой кутерьмой, но такие моменты у нас, - очень редко бывают. Начнёшь им этот „трюк“, часто показывать, так привыкнут же, и перестанут нас акцептировать.

Ну ладно так уж, и быть это слово вам сам объясню. А то ведь, хотят некоторые спросить, да стесняются. Слово акцептировать, - можно по разному понимать. Ты нас или, уважаешь или боишься, - третьего не дано!

Дайте - ка вспомнить, что же Приведение, на этот раз выдумало?

Ах да, оно же в самый интересный момент, когда девчёнки и мальчишки в прятки играли, и были так увлечены поиском Выбражули что не заметили, как тень из стены „проявилась“. Никем, в этот момент, незамеченное Привидение прошмыгнуло в картину, которая висела на стене, и тотчас  включило свою „подсветку“.

Вы что думали, оно, постоянно светится? Это же столько энергии забирает!

Хозяюшка Натик, своих  домочадцев,  к экономии уже давно приучила и все знают наизусть как  „Отче наш“, что  свет за собой нужно обязательно выключать. Диву даюсь, она такая  маленькая, а как генерал командует, и ей лучше,  никогда не перечить- себе дороже будет!

И только вот в таком, экстремальном случае, как наше, оно имеет право включиться. А на чердаке, перед  кем красоваться - то, перед мышами, что ли? Так они к нему давно уже привыкли. Но всегда надеются, ну хоть один разочек, у него в покер выиграть! А Привидение - то хитрющее, знай насмехается над ними!

На их просьбу „подсветить“, а то они не могут рассмотреть, какие карты оно им сдаёт, оно тут же все „стрелки“ на Натика переводит. Хозяюшка, видите ли, его тоже в экономную веру перетянула, и оно, то есть Привидение, в это крепко уверовало.

Я же говорю что он, сам себе на уме, всё на свой лад переделывает и что интересно, у него всё  легко с рук сходит.

Рассказываю дальше. На конец - то друзьям Выбражули, надоело в прятки играть, и они повалились от смеха на пол.

Вот тут - то  наше сиятельное, и начало своё необычное, - представление.  Сначало оно стало, на картине с цветка на цветок перелетать, потом ему это надоело, так как на него никто внимания не обрати -

ну  и  сами  виноваты!  Тогда  оно  решило приступить к завершающему этапу, - чего тянуть то, и как вылетит с картины, светящимся шаром, и как давай, по  всей  комнате  прыгать!   Все подумали что, это „шаровая“ молния в окно влетела.  Ну, что от страха  то не почудится!  Все гости, с визгом кинулись из комнаты, чуть дверь не снесли!

Для нас важно было чтобы, они эту  дверь „добровольно“ открыли, и мы смогли  бы в комнату медленно, и как ни в чём не бывало войти.

А чего бежать - то, вечеринка для всех уже закончилась!

Нам пришлось ещё, наше чудо „сиятельное“ под ручки на чердак внедрять. Оно ведь не на шутку расходилось, только в „раж“ вошёл, а вечеринка уже  закончилась! Привидению своё представление до того понравилось, что оно, предложило в следующий раз, для нас без оплаты поработать.   Мы  конечно,  перед  ним  с благодарностями  „расшаркались“, а вдруг, чем домовой не шутит, Привидение нам когда – нибудь  снова понадобится. Как говорится - рука руку моет.

Выбражулю нашу разлюбезную, пришлось Худобе, одному утешать это же его подопечная, вот пусть её, и успокаивает. А как - это уже его дело, она ведь его всё равно не видит - сам эту кашу заварил, вот пусть её сам, и расхлёбывает!

Она после ,этой „заварушки“, ну очень переживала!

К ней видите ли, никто больше ни в жизнь, в гости не придёт.., и ах, да ох.., и бла,бла, бла! И чего зря себе и другим стресс - то нагнетать?!

Да, прибегут как миленькие, только свистни! Да вы и сами, наверное заметили -

где что - нибудь произойдёт - туда народ и прёт!

А по - моему мы, для её вечеринки, хорошую рекламу сделали. Не добровольно конечно, ну и что - зато сработало.

У неё же теперь приглашения с руками, и ногами отрывать будут.

Я тут подумал, а не переборщили ли мы, с Привидением на этот раз? Спокойствия нам, как своих ушей не видать! Хорошо хоть Вовика и Натика дома не было..... они в кино подались.

Я рад за них, а то всё дома сидят думают, что их дети ещё маленькие, и за ними ещё приглядывать нужно.

Они за заботами и не заметили, как времечко пролетело.

Вообщем обошлось в этот раз, а то бы Вовик моментально разобрался, что к чему. Он нам нравится, ну пошумит маленько, с кем не бывает, но руки никогда не распускает. Всё ж таки, нас от этого высотного напряжения, (не к столу будет сказано) „пронесло“! Хорошо, что в доме два туалета имеется, на первом этаже для гостей, а на втором этаже - только для своих.

Натик там постоянно всё в чистоте содержит, так что туда мы,  даже добровольно не зайдём. Вдруг брызнешь не туда, куда надо, и придётся самим, всё вокруг дезинфицировать.  Пока это словечко выговорил, чуть язык не сломал.

Чтобы себе стресс не делать, мы этот туалет сторонкой обходим. Хорошо хоть за кустики, как раньше, бегать не надо. У нас если на улицу выйдешь, соседская кошка тут как тут, до чего наглючая, - спасу от неё нету! Всё, высматривает - чтобы у нас стянуть -  а чего у нас стягивать то, лишнего у нас ничего нет и не предвидется. Карманных денег нам тоже не светит, но мы не жалуемся, живём сейчас в тепле, что ещё,  для хорошей жизни надо?!

А вот нынешняя молодёжь с такой ситуацией мирится не желает – им, каждый месяц, карманные деньги возьми,  да выложь! Я со стороны за Вовиком  и Натиком наблюдаю и всё диву даюсь, как они со своими чадами управляются!

# Глава 5
# Джек

Не знаю почему, но я больше всего люблю о Джеке рассказывать. Может потому что, я с ним больше времени провожу? Но если честно о нём, всегда есть что рассказать, и с ним никогда не соскучишься.

Вот один пример: „Он тоже каждый месяц карманные деньги получает.“ Ну и что, что он младший, у него же тоже есть свои потребности, - в приобретении понравившейся вещички.

Ох, мамочки мои, - до чего же я люблю, когда я так выпендристо высказываюсь!

Это точно,  я от скромности не помру, а чего помирать - то жизнь штука, ну очень интересная! Если конечно, под задницу „мешалкой“ не даёт, но это редко бывает, а поэтому - живи не хочу. Но вернёмся к Джеку. Он, как всегда, свои карманные денежки получил, но радости, по этому поводу я у него в этот раз не заметил. Какой - то он не такой был вот, и стал я за ним наблюдать. Роется он в своём одёжном шкафу и вещи одну за другой на кровать выбрасывает, и что - то непонятное себе под нос бормочет.  Ну прямо беда с ним, ну что, нельзя повнятнее бормотать?  Как же я смогу помочь, если он все мысли при себе держит?! И мечется по комнате, как тигр  в какой - то в клетке! Недаром он в год тигра родился, я был, бы не я, если бы всё досконально не узнал. И, что вы думаете?-  Он втихомолку страдает от того, что ему видите ли одеть нечего! Ну всё, - вырос мой подопечный! Ему уже и жизнь не в радость, потому как  всё, что в шкафу находится -  это всё для маленьких. Пока Джек дальше всё из шкафа вытряхивал, мне надоело вокруг него вертеться и я уселся в уголок на стульчик и стал за ним дальше, меланхолично наблюдать.

Ведь когда - нибудь он  успокоится и начнёт думать - что же он на самом деле хочет?!  Время идёт, я уже нервничать начинаю, какая же его муха сегодня укусила?!

На одёжках „свет клином сошёлся,“ что ли? В магазинах, этих „шмоток» столько развелось, что хоть  одним  местом  кушай!  Извиняюсь  перед дамочками  за  выражение,  просто  лучше  не скажешь - а то не поймут.

Вижу, что ему что - то необычное нужно, а что он и сам ещё не знает.

В это время входит в комнату Натик, (это его мама, да вы её уже знаете) и спрашивает: - Не хотел бы Джек ей компанию составить, - сходить в магазин Старомодных товаров? Он уже неделю назад  открылся, а  они там, ещё ни разу не были. Она прочитала в проспекте что как раз сегодня идёт распродажа  клёвых вещей. Джек  до того обрадовался, что чуть свою маму, с ног не сбил - всё  телячьи  нежности  разводил,  обнимался  и Натика по комнате кружил.

Я  решил  с  ними  за  компанию, - да  не покружиться, - вот недогадливые какие, тоже  в тот магазин  прогуляться!

За ним же ещё присматривать нужно, чтобы он свои карманные денежки враз не потратил.

Пока Джек  Натику взахлёб объяснял, чтобы ему хотелось в том магазине найти и купить,  я себе это быстро „на ус намотал».

Мне же нужно было сначала самому осмотр магазина произвести, чтобы не дай бог, кто - то другой нужную вещь из - под носа не утащил. Да вы, наверное, лучше меня знаете, что такие случаи в жизни  на каждом шагу случаются. Только зазевался, - а у тебя враз что – нибудь или кого - нибудь уведут. Короче говоря - нужно „ухо“ востро держать!

Помчался я  „на всех парусах“  к тому магазину, - благо в „мобильнике“ одна штука интересная  находится,  и  не  надо  прохожих спрашивать. - А  скажите - ка пожайлуста, и так далее  и тому подобное, а в ответ тебя на „3 весёлые версты» пошлют...

Что за версты такие? Подрастёте узнаете. У пап сегодня советую не спрашивать - всё равно не расколятся.

А сейчас, с этой модерной штучкой, никаких прохожих не нужно искать.  Я уже давно заметил, если они, ну край, как нужны...., их ни за что не найти, как будто, „корова, языком“ всех сразу, с улицы слизнула! Поэтому эта навигация, урааа!... наконец - то  вспомнил,  как - эта  штучка называется. Ну так вот - объясняю дальше, как нужно, с навигацией обращаться. Напичкиваешь её  всякой ерундой, и надеешься, чтобы с этого что -то путное получилось. Так, Малявка как я вижу, опять ничего не понял с того что я сейчас сказал. Вон, как глаза, свои вытаращил!

Объясняю для совсем непонятливых.

Забрасываешь в эту навигацию, свой адрес где ты находишься, и тот адрес, где тебе нужно вовремя появится, - и эта навигация (я тащусь от этого слова!), ищет самый наикратчайший путь к месту назначения. Да, пока не забыл..., хочешь не хочешь, а тебя сопровождает женский, приятненький голосок.

Она тебя на полпути никогда не бросит, не бойся, и доведёт туда, куда тебе надо. Мне вы можете верить, я эту мадам многократно проверял, а вдруг, она меня запутать хочет, но к моему удовольствию, было всё без обмана.

Бывают правда и казусы - это когда водители вместе с машиной в речку сигают. И после этого ещё и женский голос обвиняют, что, сами не видят куда едут? Вот балбесы, а раньше то, как без этой штуки обходились?

Ну не хотят они, в наше развитое время, свои собственные „извилины“ напрягать.

Скоро всякой всячины наделают, что им вообще делать нечего будет.

Так и мозги скукожатся.

И чего я снова вскипятился, спрашивается?

У меня же, сейчас в данный момент, своих забот полон рот. Голос - то, этот приятный, меня чин по чину прямо к дверям магазина „Старомодных“ товаров привёл.

Да, неплохо поработали здешние Домовики с входной дверью - сразу чувствуешь, что тебя кто - то или что - то, так под одно место и подталкивает к дверям.

Я на себе это враз испытал, - здесь без волшебства ну никак не обошлось! Уж очень хорошо я в этих вещах разбираюсь, - недаром я с Привидениями, да всякой „шушерой“ дружу. Так что некоторые их трюки я могу быстро вычислить.

А что, неплохая идея, если в магазин войдёшь, то обратно с пустыми руками уже не выйдешь. Будут тебе под руки всякую дребедень подсовывать, пока ты не сдашься и хоть что – нибудь, да купишь.

Главное народу мозги заморочить.

А что, конкуренция нигде не спит, - чуть зазевался, и враз без клиентов остался. Это моя личная поговорка, или опять чья - то чужая? Не суть важно.

Захожу я, наконец -то, в этот большущий магазин, надо отметить - добровольно. На страже, как и ожидалось, стоят два домовых в форме телесного цвета. Они меня, как увидели - аж обалдели! С каких это веков – вечных домовой лично по магазинам шастает, что у него домуправительницы нету?!

Ну до всего то им дело есть! Да ну их, пусть смотрят, а я куда хочу, туда и иду, что хочу - то и делаю.

Это же у них работа такая, всех оглядывать и на обратном пути в сумки заглядывать.

Ну, никакого „пардона,“ я вам доложу - неблагодарная работёнка у них, и я им, честно говоря, не завидую.

Так и параноиком заделаешься, но некоторым такая работа нравится, они просто „тащутся» от неё! А что, их то всё равно никто не видит - вот они этим и пользуются на полную катушку. Ну я им сейчас покажу, где раки зимуют! Я нос задрал, кепку на глаза надвинул, руки в карманы сунул и пру на них „буром“. Вижу, что глазки - то у них в разные стороны забегали!

Видят, что я их тоже вижу и со мной не пролезет - ихнее ненужное старьё сбагрить. Ну не люблю я, когда у меня под рукой вертятся. И, что самое главное, в мою сумку заглядывают. Это для меня, как для быка красная тряпка.

Они поняли, что со мной шутки плохи и отстали помаленьку. Иду я между полками и рассматриваю по ходу, что на них разложено. Чего тут только нет! Следующий раз приду сюда один и без нервотрёпки, выберу для себя что - нибудь, а то уже немного пообносился. Да и когда мне по магазинам то бегать?! Времени на себя ну никогда не хватает. Всего себя другим отдаю, ну прям, как мать Тереза! Я быстренько, за какие - то 10 минут, Джеку весь гардероб подобрал. Курточку джинсовую с бахромой, - немного правда потрёпанная, но по нынешним временам очень моднецкая. Заметил, что Джек с Натиком в магазин зашли, и уже между полок идут. Вот тут, я улучил момент и незаметненько сунул эту куртку Джеку под руки, как будто он её сам на полке нашёл. Так он от радости, чуть до потолка не сиганул! А что, я его ну очень понимаю.

В ней же (где - то лет семьдесят назад), сам Элвис, выпендривался! Я все его „шмотки“ какие только нашёл, со всего магазина на свет божий вытащил, и перед Джеком на виду разложил, как будто они здесь всегда лежали.

Давно я его таким счастливым не видел. Он потащил всё в примерочную кабинку, а как – же без примерки, только „кота в мешке" покупать. Как вышел он из кабинки, мы с Натиком его просто не узнали!

Ну вылитый, Элвис!

Мамочкины комплименты Джека аж в краску ввели. Он виду не подаёт, а я то вижу, что он просто тащится от восторга, что его с Элвисом сравнили. Это было его первое  приобщение к жизни великого американского певца. И кто его знает, - что Джека в будущем ожидает. Даже я не могу предсказать, что я гадалка какая - то?!

А когда я ему ещё и крассовки обалденные на толстой подошве подобрал, то даже, эти дёрганные, магазинные – домовые остались довольные.

Как – никак, столько одёжек сбагрили, и нас даже не надо было, к этому принуждать. Вообщем,, все довольные остались, особенно я потом как свою миссию  выполнил, и меня никто не заставлял вещички примерять, - а то бы я, как мог, от этой процедуры отбрыкивался. Одно дело для других выбирать и другое, когда сам должен кучу вещей перемерить.

Лучше я буду в старых одёжках ходить, чем через эту нервотрёпку проходить !

 Ага, Малявка снова заметил, что я опять всё внимание на себя перетащил.

Ну ладно, так и быть, буду дальше про Джека рассказывать.

Он маленький - маленький, а  не таким уж наивным оказался. И оказывается, чуть - чуть догадывался, что в магазине с ним что - то необычное происходило.

О чём он не подумает это тут же под рукой оказывалось - чудеса да и только!

Я подслушал, как он себе под нос потихоньку шептал: „А может быть здесь, тоже маленький домовёнок живёт, и мне сейчас помогает, но тут же сам над собой посмеялся.“ „Вот,скажи кому, что со мной здесь произошло, ну никто не поверит!“

Вот и ладушки, наконец - то умненьким стал. Не всё, о чём думаешь, другим рассказывай. У каждого должны быть свои маленькие секреты, что у маленьких, что у больших.

Вы, наверное, и сами заметили - если кто - то о себе мало говорит, то все про него хотят во чтобы - то ни стало хоть что - нибудь личное узнать. Аура таинственности никому покоя не даёт. И до крайности любопытные, к таким, „неуловимым“, как банный лист липнут. Вы наверняка знаете, что они разные бывают, точно... берёзовые, кленовые и дубовые. Но в баньке я люблю париться только берёзовым веничком. Как распаришься, да тебя повсюду как отхлещут - вот благодать - то! - Сходите сами в баньку, а то что о ней здесь рассказывать, - это время лучше под парком, на скамейке понежиться: „К чему это я, о банных листочках рассусоливаю?“ – Да вот почему -

есть же такие „особи“, которым всё о всех знать хочется. Точно, это те, кто нет нет, да свои «зубки» об кого - нибудь поточить желают.

Беда с ними, да и только! Что интересно, такие листочки повсюду внедряются. Они среди домовых тоже есть, а как же,  уж я об этом лучше всех знаю. Ну прямо спасу от них нет!

Всё то они про всех знают и с другими об этом поделиться хотят, и  всегда у них тема для разговора найдётся. А  сами, если  копнуть поглубже, как личности никому  не  интересны. Все  об  этом  догадываются,  но  вслух  не произносят.

Я себе тоже не враг поэтому и обхожу эти „банные листочки“ за три версты, а то не дай домовой бог,  прилипнут  так,  что  век  не отмоешься! А ещё, их „гремучие“ секреты с радиоактивной скоростью на мокром месте, как мухоморы вырастают. Да вы и сами  об этом хорошо знаете - они очень ядовитые. Не дай бог, съешь один по не доглядности и всё…, - или в психушку попадёшь  это в лучшем случае или, с ног долой -  это в худшем случае! Так бы этих мухоморов, как клопов - вонючих давил, да нельзя подсудное это дело. Вот поэтому в себе нужно иммунитет вырабатывать, против банных листов и их мухоморов. У нашего Вовика, есть своя точка зрения по этому поводу. Чтобы о нём не говорили, какую - бы „галиматью“ про него не распускали, он только ухмыльнётся в свои русые усы и подмигивая скажет: - Если про тебя не говорят, значит  ты уже три метра под землёй лежишь. — Вот, это точно лучше  и я не смог бы сказать! И вообще, не много ли чести, что я здесь о  таких,  кто  нам  кровь  портит,  много рассусоливаю?!

# Глава 6
# Пузатик и его диета

А сейчас я вам лучше о моём друге Пузатике расскажу. Он же что учудил - решил свой вид изменить - видите ли ему, его фигура перестала нравиться. Ну даёт, вот  от кого, но только не от него мы, этого ожидали! Ему же было всё равно, в чём из дома выходить.

Разницы всё равно не было, то ли он в футболке или без неё, - всё равно  его животик впереди шёл. Смех, да и только!

А тут враз перестал пироги есть, только молоко попивает, да и то канючит, что нужно другой оздоровляющий напиток вместо молока раздобыть.

Ну совсем рехнулся на своей диете, в молоке ведь витамин Д находится. Короче, Пузатик решил нам, пайку во всём урезать, - да мы такой „хай - вай" подняли..., поэтому он, из принципа, с нами за одним столом  сидеть не хочет.

А мы и рады - кому его кислую «рожу» видеть - то хочется? Он нам постоянно аппетит портит видите ли, мы много мучного и сладкого едим.

Ну что за эгоист с него вылупился, сам не ест и нам не даёт!

Ему оказывается захотелось, такую же фигуру иметь, как у какого - то спортсмена (фамилию его я запамятовал), и в самое кратчайшее время. Вот что значит  постоянно перед теликом торчать и спортивные передачки  до утра смотреть, и не то в голову придёт. В конце - концов мы перестали его уговаривать на ночь покушать - что мы няньки ему, что ли?

Короче говоря, заметили мы, что Пузатик нет - нет, да за Качком увяжется.

А тот три раза в неделю в Спортивный центр ходит и всё свои бицепсы качает.

Вот наш друг и решил с ним туда же, бесплатно прошмыгнуть.

Откуда Качку знать, что он всегда с „прицепом" идёт. Он входную дверь открывает, а Пузатик, втянув свой животик, и на цыпочках, как балерина, бочком проскальзывает в дверь! И как ни в чём не бывало идёт в зал, где находятся всякие снаряды.

Правда мы его предупредили, чтобы он там не слишком борзел и где - нибудь в уголочке свои гири тягал. Вы надеюсь с понятием.. - он то всех видит, а его никто не замечает. Вот пусть там свою дурь и выгоняет.

В такие дни мы от него, в натуре отдыхаем. С тренировки он еле ноги тащит, до того себя гирями измотает. Зато спит без задних ног и до нас не докапывается.

А вообще -то мы со Старшаком давно подумывали свой Домовой центр открыть - надо же чем - то полезным наше молодое поколение занять. Спасибо нашему Пузатику за то, что он похудеть захотел. Мы враз вспомнили о нашей идее и решили её в жизнь претворить. - С меня так, и лезут всякие политические слова, но к политике я никакого отношения не имею. А газеты читать я просто обожаю и зачитываю их от корки до корки!

И пока Вовик к завтраку спустится, а газета у меня первого в руках побывала. Хорошо, что он об этом не знает, а то бы мне несдобровать.

Но он об этом ещё ни разу не догадался, и поэтому мы оба выходим из дома политически подкованые и в курсе всего, что у нас в стране творится.

Правда от всего нового, аж голова пухнет, - к врачу, что ли нужно обратиться,но я терпеть не могу в „предбаннике“ - ожидания находиться. Да и не до того сейчас, в данное время у нас со Старшаком проблемка появилась, - как же нам наш Домовой центр сфинансировать?

Худоба нам враз классную идейку подкинул, - худой, худой, - а соображает! А что, если наших богатеньких домовых потрясти? Пусть доброе дело сделают, благотворительность проявят, - то есть раскошелятся. Интересно, нам значит нужно только на молоке и пирогах перебиваться, - закон видите ли такой,

а с какого рожна у нас столько богатеньких развелось? Неужто потихоньку, этот за уши притянутый закон вкруговую обходят?! Вот и почему, спрашивается, я себе всегда из -за ничего стресс нагнетаю? Жить надо проще, тогда может быть спать буду лучше. Моя голова мне же покоя не даёт - отключил бы её, как компъютер, да не так - то просто. Мне такие сны снятся, что я уже блокнот с карандашом у себя на тумбочке положил, - а вдруг что - нибудь путёвое во сне придёт, и смотришь - за одну ночь (или на одну ночь?) стал бы знаменитым.  - Ну и что, что я домовой, я тоже в сказки верю!

Так ведь и жить легче, а то вечная жизнь – адом покажется! Мы же домовые очень умные и себе на уме: - ничего близко к сердцу не принимаем и все свои обиды сразу же высказываем. Вот поэтому мы и не старимся. От стресса, чтобы вы знали, появляются морщинки и волосы выпадают. Тьфу, тьфу, тьфу —( это я в левую сторону поплевал) и тук, тук, тук, - (это я по дереву постучал), от этой напасти меня ещё бог миловал!

Ну вот опять, этот Малявка с тухлыми яйцами… руку тянет. - Давай уж, задавай: „А чего, это Вы здесь всё про себя, да про себя талдычите?“

Во даёт!! – Так, я же вам мою биографию рассказываю.  Подумал я тут на досуге и решил, а чего я буду зря бумагу марать, приглашу - ка я всех домовят  с  их мамами и папами под мою гостеприимную крышу, и расскажу им сам про мою увлекательную жизнь.  А то ведь на других положиться нельзя, что - нибудь по ходу дела приврать могут. Для вас же лучше делаю, если есть вопросы, то сразу и ответ получите, - и не надо по электронной почте в Интернете отсылать.

Но если кто-то мне приятное письмишко черкануть хочет, то за ради бога!

Я с удовольствием на него отвечу. -

Перехожу снова к рассказу о Пузатике.

Вот блин, скоро придётся ему другое имечко подыскивать. Живот то у него помаленьку тает, ну прям как мороженное в солнечную  погоду.

Жалко, что это лакомство нам редко переподает. Пока мы полночи дождёмся, а мороженное уже растворилось. : Где растворилось - спрашиваете? – Да в животах у наших подопечных.

Вот говорил же своим - давайте приобретём свой собственный холодильник.

На свалке то их, поддержанных „куры не клюют“, выбирай на любой вкус!

Так нет же, они там, видите ли,  рыться не хотят, - чистюли домовые! –

А мне что, больше всех надо, что ли?

К нашему удовольствию, наша хозяюшка Натик нет – нет, да парочку мороженок в сторонку отложит. Так бы ей сам спасибо на ушко сказал - да нельзя.  Но я ей с полок пыль помогаю сметать. Она всегда удивляется, что на них никогда пыли нет. А мне смешно, знала бы она, что я тут с метёлкой по комнатам, как  долго играющая пластинка кручусь! Так что нам в нашем доме неплохо живётся. А проблема  с Пузатиком сама собой, как феерверк в воздухе,- не  разбабахивается! Нам  уже  стыдно  его Пузатиком называть, - он же почти на десять килограмм похудел, не зря же каждый день диету соблюдает и  гири тягает!

Мы с него уже смеяться начали, - так недолго и в „дюймовочку“ превратиться! Естественно, это мы за  его спиной потешаемся.

Он скоро и сдачи дать может, если что не по нему будет.

Не долго думая, сообща мы пришли к решению. Нужно позарез и как можно быстрее подыскать ему подходящее имя. И не только для

Пузатика, а и для Худобы, тот наоборот малость поправился.

Ну оставались бы прежними, так нет же, всё должно, только вокруг них крутиться! Вот и пусть они сами себе имена в Интернете ищут. Это они же недовольные что их так обозвали, а мы то - тут причём?! Вот всегда так, чем дальше в лес, тем больше дров.

Это так в старой пословице говорится. Да мы уже привычные, чем только на своём веку не занимались, а теперь осталось только моднецкие клички отыскать, да Спортивный центр на своё имя открыть. Вот чего спрашивается на тёплой печке не сиделось?! Нас домовых раньше так уважали! Все наши пожелания враз исполнялись, лишь бы мы не осерчали и проказничать не начали. А теперь что?! Каждый норовит тебя на свой лад использовать, ну прямо мочи нету!

Всё, как только моя история к концу подойдёт, – только меня и видели!

В Кругосветное путешествие махну, хоть страны другие повидаю, - а то вся жизнь только вокруг дома крутится, так и „крыша“ когда - нибудь съедет. А что, очень даже превосходная мысль, - я уже и позабыл, когда вокруг меня кто - нибудь крутился.

А на параходе, все мои желания выполняться будут. И кабинка только мне принадлежать будет, и убираться самому не надо, и кормить три раза в день будут... - много ли домовичку надо?! А вечером всех, кто на пароходе плывёт, веселить будут. А как же, не дай домовой бог, туристы заскучают! Откуда я это, так хорошо знаю? Так я же всякие проспекты туристические просматриваю, а вдруг что - то пригодится, в не далёком будущем.

Сейчас я конечно размечтался, но с этими стрессами  и не о том мечтать будешь. И всё таки позже я ещё раз обдумаю мою идейку.

Чем домовой не шутит, а вдруг возьму и на пол года смоюсь, и чтобы никто не знал куда, - посмотрю потом, как они  без меня обходиться будут. А то всё как само собой разумеется, - Красавчик, нужно сделать то, или выбить это...- да железный я, что ли - нужно же и уважение к моим летам иметь!

Ну да ладно пошумел и будя, после всех рано или поздно всё равно переделывать придётся, уж лучше я сам всё организую и потом не на кого будеть спереть.

# Глава 7
## Привидение

Чуть не забыл из - за своих мечтаний новость о нашем Привидении рассказать.

Да сидит оно, сидит у нас на чердаке, не об этом ведь речь сейчас пойдёт.

Оно для себя Коммерцию открыло, чтобы от скуки - то не свихнуться.

У Мышей в покер много не выиграешь, а жить то как - то надо. Ну так вот, Привидение на компъютере  поднаторело и всякие программы нужные изучило.

На клавиатуре стучит так, что за ним даже я не услежу.

Решило оно новым древним заделаться и своё дело в Интернете „застолбить“.

И хватает же у него терпения, всю ночь напропалую, заказы на всякие трюки принимать. Оно же всё само упаковывает и днём на почту отправляет. Главное  его кредо  вы уже знаете, - сперва заказ оплати и только потом свой заказ получишь. Как я узнавал - претензий к нему ни у кого ещё не было. –

Вот что значит на себя работать, и денежкой ни с кем делиться не надо, - сам себе шеф, и никто тебя не погоняет.

Главное  -  налоги  вовремя  финансовому министру плати, а потом делай что хочешь. Я почему о нём - то вспомнил?  Древнейшее нам свою  услугу  предложило.  Оно,  оказывается, выпустило неделю назад распрекрасный каталог с

„клёвыми" Кличками и надеется, что мы ими останемся довольны. Ну, всё то у него есть, древнее -древнее, а в ногу со временем идёт, не то что некоторые. Знали ведь что оно нам когда – нибудь да понадобится.

Мы, естественно согласились, что носы то воротить. Пришли мы к нему на чердак в назначенное им время и сразу, а чего время то терять, - вчетвером к нему в Интернет влезли. Не всё же Джека компьютер использовать. И давай просматривать все моднецкие Клички, которые у него в каталоге собраны были. Если бы я знал что столько нервов это будет стоить! Лучше бы пошёл на улицу и в соседскую кошку камнями пошвырялся, всё бы полезнее было.

А то она в последнее время с каким - то дранным Котом встречается, - так они вдвоём такие кошачьи концерты устраивают, что хоть из дома беги! Мы уже забыли, когда хорошо спали. Ну, ничего, как только у меня время свободное появится, я им хитромудрую ловушку устрою.

Опять я малость отвлёкся, но Пузатик с Худобой тоже не лучше соседской кошки. То им одна Кличка не нравится, то другая, в натуре, не подходит,

то они над третьей за животы хватаются, до того оно потешное.

Я уже потихоньку терпение стал терять – вижу, Старшак тоже сердиться начинает. -

Ну думаю, пока он совсем не осерчал, возьму – ка я руководство в свои руки.

Да как рявкну, – аж сам напугался, – разтуды, сюды прости господи! Да, когда же вы себе, что - нибудь дельное отыщете?!

Нам, всего то две Клички, дебильные нужны, а вы уже сотни просмотрели и ничего путного не нашли!

Древнее  то хитрое - ему что, время на него работает и я каждый час в  его копилку денежки забрасываю, вот он свои нервы и не теряет. Я бы на его месте тоже копилку до блеска надраивал!

Все конечно враз притихли и косо так... на меня посматривают, а про себя думают – ну и дёрганный он, какой - то в последнее время стал.

Чуть что, на нас отрывается, смотришь - скоро оплеухи всем раздавать будет.    Правильно думают, я и не на такое способен, если меня до кипения доведёшь. Вон как сразу в каталог уставились - и дело быстрее пошло. И что вы думаете? После всей этой нервотрёпки решили Худой и Пузатик,что они свои прежние имена оставят. Оказывается, они к ним привыкли и забудут на новые откликаться. Так что они нам не хотят    ещё    больше    капитального    стресса добавлять.  И я, то есть Красавчик, уже и так на них рявкать стал, нервы у меня, не к домовому будет сказано, - последнее время подводят.

Ну надо же сколько времени зазря потратили! Ах, ну и ладно, зато повеселились от пуза, - всё, что ни делается - то к лучшему. Вон, и древнему дали подзаработать, оно уже забыло, когда так хорошо зарабатывало. Попращались мы с ним до следующего раза. А в полночь сиганули, как всегда, всей компанией на кухню, -

после стресса всегда так жрать охота, что не до хороших манер.

Так бы быка и съел, но где ему в это время взяться?

Да, шучу я шучу, мы говядиной не питаемся.

# Глава 8
# Кот менкун –Тайлер

А на кухне нас, как всегда кот менкун -Тайлер дожидается.

Да знаю я что это иностранная кликуха.

Так это же Джека котище, вот он его, как хочет - так и называет. Мы о менкунах немного разузнали. Такие котища до 25 лет живут и до полтора метра вырастают. Если хотите о них побольше узнать, то Гуглик вам в этом поможет, - а нам некогда, кушать уж очень хочется.

До чего ж этот Тайлер хитрющий - сколько его не корми, он всё в сторону смотрит! Это я к тому, что он нас всегда „сдать" хочет. Начинает такие звуки издавать, как будто его за хвост таскают! Ну бывает, конечно, мы тоже не без греха - это Худоба его иногда требушит. А чего, он ведь сам везде лезет, сидел бы у себя в кошачьем углу, так нет же - смотрит на нас хитрющими глазами и истошно орёт. Такой концерт устраивает, - куда там соседской кошке до него - хоть из кухни беги!

Но нам то кушать хочется, вот и приходится его и так, и сяк умасливать -

и молочка ему нальём, и пирожок от себя урвём и в пасть ему сунем, - ни в какую не помогает. Тайлер такой привередливый, и только с рук Джека ест.

А когда менкун был ещё маленьким, Джек приучил его за кошачье лакомство правую лапу подавать. Не верите? Так идите к Джеку и он с ним вам целое представление покажет.

А сейчас нам нужно от Тайлера как можно быстрее отвязаться - не то, если Вовик на кухню прибежит, - считай без ужина остались. Ну до чего строгий, прямо беда с ним! Пришлось Тайлеру шёрстку лишнюю повычёсывать, да за ушком погладить.

Ну и кому такое внимание не понравится? Я бы тоже на его месте заурчал и всё сделал, что от меня требуется.

Точно, „дёрну" в путешествие, - там на параходе имеются басейны, плавай в них сколько тебе влезет. И массаж тебе с пахучими маслами, хоть где, сделают.

По желанию и маски на лицо из икры или шоколада намажут.

Чего только не придумают, я обязательно всё испробую и вам в следующий раз, если мы встретимся обо всём обстоятельно расскажу. А сейчас мне нужно о Тайлере до конца рассказать. Кликуха - эта ему на все сто процентов подходит - ну прям, как Султан по дому „чимчикует". Если он своей кошачьей жизнью доволен, то у него уши торчком торчат, хвост вверх трубой смотрит, а шерсть его рыжая  на свету так и переливается, - этот  экземпляр, просто мечта для кошек!

И всегда - то он по своему громко разговаривает и лучше не знать - о чём. Чем меньше знаешь, тем лучше спишь. Как только он из кухни важно выплыл, мы быстренько по шкафам пошарили, поужинали и на боковую.

Нам же тоже нужно 8 часов спать, хоть мы и домовые.

Правда, если какое - то дело предвидится (попроказничать где -то нужно), то мы за милую душу ночку - другую пропускаем

# Глава 9
# Прошли годы

Как засела у меня  мысль в кругосветное путешествие отправиться, так и через много лет она была тут как тут, и не давала мне душевного покоя. Одному отправляться было немного страшно. Я же один ещё никуда не ездил, да и скучно будет на пароходе, где все с друьями или семьями отдыхать будут. Все будут увиденным восторгаться, а я что буду там один делать, - как не прикаянный

в каюте сидеть? Ну нет уж нужно кому – нибудь эту мысль о путешествии подкинуть, - может кто и клюнет на наживку? Была не была, произведу сначала разведку среди своих друзей – Старшака, Худобы и Пузатика. А как же они до сих пор со мной через всякие мытарства проходят - нас ведь водой не разольёшь! Мы иногда друг другу нервы портим, но если что - то важное нужно сделать, или на худой конец пакость кому - то устроить, то мы все, как Мушкетёры, - один за всех и все за одного! Вы уже знаете, что я интеллигентный и начитанный домовичок: „Ну и кто тут хихикнул?“ Ага сразу примолкли - стыдно стало. Повторяю, я - Красавчик очень эрудированный домовой хлопец  и попробуйте - ка  за мной угнаться!

А недавно, когда одна новинка в моду вошла, - я сейчас про электронную книжку  речь веду, – и как только Джек её приобрёл, я понял - вот чего мне всю жизнь не хватало! Чем в библиотеку идти и там часами сидеть и книжку читать (с собой книжку мы не можем взять), кто нам её даст - домовой,что ли?

Их же нужно  в срок ворачивать.  Поэтому я теперь навострился  к Джеку на  квартиру наведываться и читать  всё, что он читает. Так что от меня у него никаких секретов нет.  Кто не знает, что это за новинка такая, - объясняю: „Он в Интернетовской  библиотеке  скачивает  все читательные новшества на  электронную книгу (за деньги конечно), а потом ты пальчиком по поверхности  этого чуда двигаешь, и страницы сами собой переворачиваются.“

Ну до чего наука вперёд пошла, чем дольше живу, тем больше удивляюсь!

Хорошо, что я Джека давным - давно своим подопечным выбрал. Он в этой электроннике жутко, как профессионально разбирается, и я, то есть Красавчик, с его помощью быстренько во всё новое врубаюсь. А как же, нужно ведь серое вещество - это учённые мозги так называют - всегда тренировать. Где - то вычитал,что чем больше мозги загружаешь, тем они больше становятся, но я ещё не проверял насколько это правдиво.

Вот мои мозги на меня не могут обижаться, уж я их загружаю... дай бог каждому! Ну вот, как всегда уволокло меня опять куда - то не в ту сторону. Правильно Малявка заметил..., только в мою в сторону.

Молодчина... - значит внимательно слушает.

Ворачиваюсь  опять  к  моему  любимому занятию. Только Джек за дверь, а я уже  тут как тут, и хватаю в первую очередь эту электронную штуку.

Нужно Гуглика в Интернете спросить, как же она правильно называется.

Слово такое закрученное, что язык сломаешь.

Так приятно эту штуку в руках держать, а мне то нужно поторапливаться, если Джек не вовремя вернётся, и я на самом интересном месте остановился, - а такое иногда случается, - я аж больной становлюсь, пока эту книгу снова в руки не получу.

Вот там я и про Мушкетёров прочитал.

До чего же приятные парни, ну прям как я с друзьями!

Правда у них была поинтереснее жизнь, всё скакали куда - то, да Королеву спасали. Хотя я тоже не могу пожаловаться, что у нас меньше происшествий на нашем веку происходило.

В наше время тоже Короли и Королевы встречались. Они ведь тоже нормальные люди, как я или вы, хоть и корону носят.

И нас домовых и привидений, они даже очень уважали. Уж в Королевских замках, поболее всяких привидений водилось - не то, что сейчас. Я этих, полупрозрачных, ну очень понимаю. Кому же захочется из своего замка добровольно уходить? Ну лежали бы они в своих Мавзолеях, где их с почестями на почётном месте положили, - так нет же, им нужно всех в подвешанном состоянии держать.

Я с одним таким пару столетий назад в одном замке повстречался. Ровно в два часа ночи - появлялась полупрозрачная Тень и тяжело вздыхая  шастала по коридорам, и так до самого утра, пока не рассветёт.

Ну просто жуть какая - то для людей! Я то привычный к таким явлениям, и не такое за свою вечность повидал.

Но мне же, в первую очередь, жалко было моих подопечных, которые в то время ко мне приставлены были.

Они ведь не высыпаются, от каждого стука днём вздрагивают и плохо кушают.

И всех пресвятых вспоминают.

- Не спрашивайте каких..., я ведь с ними не знаком - откуда мне их знать! Кончилось в конце концов моё терпение и решил я с этим недотёпой по домовскому „почирикать“. Из - за него я тоже не мог кой - какие  дела проворачивать. Авось, мы с ним на золотой серединке  столкуемся.

Но сначала, мне нужно было в Архиве старом порыться.  Кого же последним в Мавзолей - то положили, а то как же я к нему обращаться  буду? Если его Привидением обзовёшь, а  оно на меня, не дай бог,-  крепко обидеться может. Оно ведь не знает, что оно то  и  есть  самое  настоящее Привидение.

Но, к сожалению, оно себя ещё человеком считает, – вот и ходит по коридорам туда сюда и костями гремит.

Одёжка на нём уж до того древняя стала, что просто срам да и только! Даже разобрать нельзя, в каком веке такое тряпьё носили,

но попробуй - ка обратить внимание на его внешний вид. Ну нет уж, мне моё спокойствие дороже.

Не буду я здесь долго рассусоливать, скажу только, что это был никакой не Король, а один неудачник. Он до того с дружками  напился, что окно с дверью перепутал, - сиганул в окно и в „ящик сыграл“! И вот до сей поры оно в полночь является - и всё двери ищет.

Это он мне сам, на свою судьбу горемычную, жаловался. Вот, до чего людей водка доводит.

Я ему, само собой разумеется, по дружески показал, где двери находятся  и вежливо с ним распрощался. После этой встречи он нас больше не тревожил.  Опять я немножко отвлёкся, всё с одной мысли на другую перескакиваю, и опять к начальной теме возвращаюсь.

Но, кто меня внимательно слушает, тот за моей мыслью может легко уследить. На то ведь я и домовой, что - бы вас немножко запутать.

Вернусь – ка я снова к моей обожаемой мысли о путушествии, но как подумаю, что всё привычное нужно будет на целых полгода бросить... аж в дрожь бросает! Кого же на наше место найти, чтобы наша подопечная семья под надзором была? Кто будет соседскую кошку с её „хахалями“ от окон отваживать?! И наконец, что делать с нашим Древним на чердаке? Он же с тоски такое натворить может! Ну и что, что у него своё дело в Интернете „застолблено“. Там же все чужие и им его заботы по фигу! Надо будет ему новый „мобильник“ купить, где друг друга видеть можно.

Вот мы и будем с ним переговариваться, и видеть - в каком таком  настроении оно в данный момент находится. Он же у нас стеснительный - никогда не признается, что его иногда тоска гложет. Всё таки придётся в Совет Уважаемых Домовых обратиться. Может они нам, приятного домового в замену пришлют? Мы его сначала, как положено, проэкзаменуем, и если ни до чего не докапаемся, то можно будет с лёгким сердцем в отпуск сигануть, и ни  очём не думать. Я знал, что передо мной трудная задачка стояла. Нужно ещё моим друзьям, так  мозги запудрить, чтобы они стали, как зомби и делали всё так, как я захочу! Они  же такие трудяги, как и я, и ещё ни разу надолго из дома не уезжали. На пару дней бывало, а на полгода ...- никому бы эта мысль и в голову не пришла! Так и я ведь сколько лет на эту тему думал.

А когда же путешествовать, как не сейчас?!

# Глава 10
## О Джеке и бабушке Кате

Как вы уже знаете, Джек, мой подопечный, уже отдельно живёт.

Я иногда к нему наведываюсь, но не только книжки почитать. Думаете, если он из дома „сиганул“ значит от меня отвязался?!

Не тут - то было, я у него на чердаке, в его собственной квартире тоже „шмон“ навожу. Он это слышит и конечно пугливым становится.

А зачем, вообще всё начинать, если в конце концов ему это всё по „барабану“ будет?!

Я у него частенько в полночь с компъютером играюсь.

Он его выключит на ночь и спать ложится, а я через час его снова включаю.

И так продолжаем, пока он не сдастся и с головой под одеяло не нырнёт.

Нечего забывать, что я тоже хочу в Интернете полазить, может в страничке знакомств, если повезёт, - новых домовичков заведу.

Я уже несколько раз слышал, как Джек своей мамочке Натику жаловался - видите ли, его чужой домовой „заманал“, ну и слово какое – то панковское! Что, совсем взрослым стал и своих не узнаёт? Натик ему тоже, так же сказала - что это, дескать маленький домовёнок, который ему в детстве тоже иногда  спать не давал, не бойся его, он хочет тебе о себе напомнить.

Ну до чего понятливая - эта Натик, вся в свою любимую бабушку, которая всегда знала про мои проделки, но никогда меня из дома не выгоняла.

А я ей летом, на рассвете, когда все ещё спят помогал землянику в лесу собирать.

Как почую дух лесной и запах земляники, так враз представляю, что будто бы я снова сижу в повозке, запряжённой лошадкой и слушаю бабушку Катю, как она украинские песни „гарно заспивает“! Её подруги всё диву давались, что она всегда с полной бочкой земляники домой возвращается - а им не удавалось даже одну поляну с земляникой найти.

- Бабушка Катя только посмеивалась, и говорила, что нужно спозаранку вставать, а не до обеда дрыхнуть.

Она была трудолюбивой, как пчёлка, и знала, что  лето и осень самые горячие месяцы, для заготовки всякой всячины на зиму. Сытым легче и самую лютую зиму перезимовать!

По вечерам у неё на столе испечённый хлеб  в плетённой корзинке лежал и крынка парного молока стояла. Она наверное догадывалась, что я, домовичёк, тоже  парное молочко обожаю, и всё это она оставляла для меня в благодарность - это же я ей показывал, в каком лесу  самая крупная земляника  растёт.

- Сколько лет прошло, а после бабушки Кати никто больше столько земляники не собирал.

И те поляны  в лесу, как не старались,- никто и никогда не смог отыскать.

Так её и мой секрет вместе с нею ушёл, и только я его знаю.

„Я по ней до сих пор скучаю.“ - Расскажу - ка я один смешной случай, который  в доме у бабы Кати холодной зимой произошёл.

У меня было любимое место на лежанке, которая находилась рядом с тёплой печкой.  Как всегда, поздним вечером, я забрался за печку и с удовольствием  на тёплую лежанку прилёг.

И только засыпать стал, как услышал, что кто - то к моей лежанке направляется. У меня от страха чуть моё домовое сердце из груди не выскочило!

Когда я внимательно пригляделся, то  узнал, что это предпоследняя шалунья  бабушки Кати. Всего у неё было пятеро дочерей, таких же разных по характеру, как и наша четвёрка.

Так вот, лежу я тихонечко и психую, и чего это она на моё коронное место навострилась! Хорошо до меня вовремя дошло, что она обо мне то ничегошеньки не знает. А эта шалунья уютно устраивается на моё пригретое место, как будто она его уже давно „застолбила“! Чуть меня не сбросила, хорошо я вовремя с лежанки сиганул. Ну что делать теперь, как моё место тёпленькое от этой засони освобождать?

Я ведь не люблю когда мне спать мешают, а вдруг она ещё и храпеть начнёт?! Или, что ещё хуже начнёт спросонья руками махать, и если ей какая - нибудь нечисть приснится, она  запросто может мне „фингал“ под глазом поставить.

Доказывай потом утром, что ты спал и никого не трогал!

Ну и проблемка у меня под боком объявилась, что я уже и не рад был, что решил в эту ночь дома остаться. Но я не я если этой девчёнке не покажу, где домовые водятся! Дождался пока она малость уснёт и начал с неё одеяло потихоньку стаскивать - да не тут то было, она его снова на себя натянула.

Что я только не делал,... и пятки ей щекотал и мышь ей под одеяло запускал, а ей хоть бы что! Крепкий орешек мне попался, я даже сам устал от моих пакостей, а она спит так крепко, что её и пушкой не разбудишь! –

Что я тут зря стараюсь, что ли?

После того как я понял, что с ней никаким способом не справиться мне хочешь не хочешь, пришлось разрешить ей ночку - другую на моей лежанке переночевать.

Зато остальным её сёстрам я удовольствием показал, - где „раки зимуют"!

С тех пор ни одна из них, на мою лежанку не ложилась.

Приятно было слышать, как каждая из них утром жаловалась, что, дескать, в ихнем доме какой - то неугомонный домовёнок объявился, и им покоя не даёт. - То одеяло в ноги стащит, то пятки пощекотит - где же тут уснёшь?!

Они вскакивали через пару часов с лежанки и давали дёру к своей мамочке. А она их успокаивает и говорит: „Наш домовёнок только вашей сестре на этой лежанке спать разрешает, так что будет лучше, если вы себе другое место отыщете, где он вас не достанет."

Ну, умная хозяюшка была всё то она знала и замечала.

Мы с ней, в те ранешние времена всегда мирно уживались.

Я от её дома всякую нечисть отваживал, а она для меня и моих друзей всякую вкуснятину на столе оставляла.

Ах, какое время было чудесное!

Даже печку затапливать каждое утро было не в тягость. А теперь - спишь возле батареи, как неприкаянный!

И некого за пятки пощекотать. Другое время настало, другие порядки пришли. Если слишком расшалишься могут враз из дома выдворить, а на наше место шустренько другие найдутся. Но наша четвёрка до того слаженно работает, что комар носа не подточит. А теперь, я вернусь снова к моему подопечному Джеку.

Он же правнук  бабушки Кати, и если вы меня меня слушали, то уже знаете, что мы домовые переодически переходим к  каждому новому поколению.

Ну и словечко я выкопал, зато вы от меня, надеюсь, тоже чему-нибудь научитесь.

А я за Джеком уже двадцать с лишним лет слежу, и нет - нет ему на нервы действую. Он как в свою квартиру переехал, так его, через некоторое время, не узнать стало. Я со стороны за ним наблюдаю и вижу, что он свою жизнь готов уже куда подальше послать.

И никак не может понять, что с ним одна ,нечисть, в квартире поселилась, забралась на его шею,  ножки по обе стороны свесила и на всём готовеньком живёт. Постоянно ему такой бардак устраивает, что даже мне, Красавчику, это не в

„жилу“ выдерживать. Ну ничего, на то я и домовой, чтобы Джека опекать.

Пришла пора вмешиваться.

Со временем эта „нечисть“ от него сама сбежит. Я ей уже потихоньку „сладкую“ жизнь устраиваю, и она уже нет - нет, да на пару дней из квартиры сматывается. Чувствует, что кто - то о ней знает, а представить что это домовичок  за неё взялся  - ума не хватает.

Вот и боится, что скоро все её делишки на свет божий вылезут.

И лучше ей самой в воздухе расствориться, чем вскорости за неё по - настоящему возьмутся. Нечисть - нечистью, а соображает!

Только Джек ещё ничего не замечает - он думает, что если эта „нечисть“ его покинет, то он совсем один останется. Ну, точно, он не с той ноги встал, если ему такие мысли в голову лезут! У него же в доме наконец - то свежий дух появится, - живи не хочу! Я постараюсь, чтобы он не слишком переживал. Да вижу, что он и сам без моей помощи справляется.

В Интернете „застолбил“ себе местечко, где он сам себе хозяин и целыми днями ночами всё что- то стрекочет на своём компъютере, ну прям как его прабабушка Катя, - всё трудится, как пчёлка! Он ещё с детства писателем стать хотел и я верю,что у него всё получится. Мечты, если в них крепко веришь, - просто обязаны сбываться! Я ведь тоже в мечту верю мне осталось только друзей  уговорить,  и  можно  в  Кругосветное путешествие собираться.

# Глава 11
# Мечта по музеям походить

Я завёл себе блокнотик, где у меня записано, а где бы я ещё хотел побывать. И там стоит - я должен обязательно по разным музеям пройтись. Вот если мы на Пароходе в Москву заплывём, то в первую очередь, я помчусь пасхальные яйца смотреть: „Вы что, ни разу в Музеях не были?“

- Ну вы и даёте, много потеряли в своей жизни, - так же как и я.

Там ведь собрано столько всякой всячины со всех Веков, что я только удивляюсь, у кого же в доме всё это так долго  пылилось?

Небось в подвале всякие искусства  прятали и втихомолку ими ночью  любовались. Ну я и нафантазировал, аж чуть сам в эту галиматью не поверил, но думаю, что в моих словах что - то есть! Так как эти золотые яйца, разукрашенные всякими разноцветными камнями, действительно были раскиданы по всему свету.

А Мастер своих дел из - за этих яичек жуть как известным стал!

К каждому празднику Царь заказывал у Мастера для своей зазнобушки одно особенное, разукрашенное яйцо, которого больше ни у кого не было. У Царя, к его великому удовольствию, была уже целая коллекция  нигде не виданных, разных самородных и с умом разукрашенных яиц набралась.

А позже, когда небольшая „заварушка“ внутри страны случилась и всё перевернулось с ног на голову, остались люди на какое - то время без Царя -попечителя.

Кто – то удосужился распотрошить царскую коллекцию и втихомолку продал  кому – то некоторые из царских яиц, а тот взял их, да  под «шумок»  потихоньку вывез из России - денег у них не хватало, что ли?

Что значит не своё - сбагрили за „бугор“ и денежку под подушку положили, что бы, не дай бог, никто не пронюхал!

 А как Новый Царёк в России на трон взошёл, то его прям чуть „жаба“ не задавила. Как стал он всех своих подчинённых за грудки трясти! -

Мол, где мои самые красивые изумрудные яички?!

Если, ёлки палки, к такому - то числу, все до единого  не соберёте, - то пеняйте на себя…, у кое - кого голова точно с  плеч слетит! Уж как разбегались его князья по всем  музеям, только пыль столбом стояла! Да попробуй -ка найди того, кто добровольно признается, - в какие такие заморские  страны, пасхальные яйца проданы были, - дураков то нет! Я бы на их месте тоже не признался, сразу ведь в каталажку посадят.

Может быть кого - то и засадили, да никто не признаётся мы всей правды всё равно никогда не узнаем.

Да и не важно это, главное, нашли  в конце - концов пропавшие сокровища и запрятали их под стекло: „Я думаю без волшебства в то время не обошлось.“ Но это уже другая история.  А мне ведь тоже хочется перед стеклом постоять и все до единого яйца    рассмотреть, и на память зафотографировать.

Туристы со всех стран давно уже для себя русских Мастеров открыли, - а, я всё никак со своей лежанки не могу слезть, ну постоянно что - то мешает с места сорваться!

# Глава 12
# Венеция - Париж

Спрашиваете, а куда бы я ещё хотел податься? Ну, конечно же в Венецию! Эта мечта у меня в блокнотике тоже зафиксирована.

Я этот город  видел в одной теликовской передачке: „А откуда вы думаете, я о далёких странах, так много знаю?“

- Как только свободная минутка выпадает,  я в доме у Вовика, когда его дома нет, телик включаю и с удовольствием по разным каналам щёлкаю. Пока что - то новенькое не увижу. Я просто обожаю всякие экзотические страны, и смотрю их до обалдения, если конечно мне мои закадычные друзья не мешают. К сожалению у нас разные вкусы и из -за этого у нас возникают скандалы на „голом“ месте.

Так что я рад, когда все по своим домовским делам разбегаются. В такие моменты только Вовик и я пультом командуем. Вобщем - то жить ещё можно, если на интересном месте никто канал не переключает. Вот тогда - то я и вдолбил себе в голову, что когда – нибудь  посмотрю своими собственными глазами, как этот город посреди воды стоит. И покататься, ну ужас, как хочется, на водяном такси!

Там же дорог нормальных нету и если хочешь закупиться или кино с подружкой посетить - то вызывай  плавательный  транспорт  и тебя  по волнам хоть куда доставят.

Я всё думаю, а если кому - то от качки плохо становится, он что, должен вертолёт заказывать? Честно говоря я жильцам и домовым, которые вблизи воды живут, не очень то завидую. Летом от воды болотистой зеленью пахнет и мошкара повсюду летает. Ну и где, скажите, романтика на воде, если всякая гадость в рот лезет!

По телику всё красиво показывают, но у меня уже ни к кому доверия нет! Вот пока сам там не побываю, - не успокоюсь! А ещё хотелось бы в Париж махнуть.

Говорят что это город влюблённых.

Они там напротив кривой башни друг другу в любви объясняются, и клятву на веки вечные дают, - посмотрел бы я, что они через год друг другу говорят! Сейчас же такой век, что все больше разводятся чем сходятся.

Вот поэтому я в любви такой разборчивый.

Надо глянуть, как эта башня называется. Да вы наверное знаете о чём я говорю, она же на всех открытках намалёвана. Я, когда в первый раз в передачке „Клуб путешествий“ эту кривую башню увидел, то подумал что кто - то её в нетрезвом состоянии сотворил. А оказывается это её так нарочно построили, чтобы к себе побольше туристов заманить - знаем мы эти „заморочки“, нас же на мякине не проведёшь!

Но всё таки я ещё надежды не теряю, а вдруг в Париже свою Кралю встречу. Надо по телику почаще французские курсы смотреть - авось выучу парочку полезных слов. У меня же память - как компъютер, туда вмещается всё, что надо и не надо, и чем дольше живу, тем она лучше становится.

Вот как - то на досуге, я возьми да подумай, - на свою домовскую голову, - мне же нужно будет, в первую очередь, всякие разные языки выучить.

Когда других домовых не понимаешь, то лучше из дома не высовывайся. Если, что – то кому – то по инностранному невпопад сказал, - враз по морде получишь!

И никто, кроме тебя самого, не виноват - нужно было больше денег за курсы отдавать, а не перед теликом штаны протирать!

И где я столько свободного времени возьму, на моё иностранное обучение?

Меня же никто от домовской работы не освобождал. Так, смотри, у меня весь настрой на заморские страны испарится.

А тут ещё и мои друзья - домовые мне настроение испортили. Я то думал что каждый выучит какой - нибудь язык, который ему понравится и не надо будет каждому все языки изучать. Вобщем неплохая идея была, но когда я им о кругосветном путешествии и о курсах иностранных языков рассказал…

- то каждый сразу же нашёл важную причину для отказа.

Старшак, тот любит, только на своей лежанке лежать. Всякие заморские стрессы ему видите ли не в „жилу“,- на старости выносить.

Худоба от своей Выбражули ни в какую, надолго уезжать не хочет.

За ней всегда глаз, да глаз нужен.

А Пузатик отвечает за свой Спортивный центр, и качку на волнах он не переносит!

А как услышали, что им нужно будет ещё и языки новые изучать, то они меня чуть - все сообща, не поколотили!

Домовская память у них, видите ли, уже как решето стала, и ещё сказали: „Если у тебя так в одном месте „свербит“, то и „чимчикуй“ на все четыре „заморские“ стороны!“

- Ну что за невоспитанные домовые пошли, никакого сладу с ними, если им что - то новое предложить хочешь!

Вот так и маюсь с ними, - всю мою жизнь вечную!

Привидение наслать на них что ли, какое - нибудь европейское? Так с ним ведь нужно ещё где - нибудь в Европе познакомиться.

А наше, Древнесиятельное они, как свои пять пальцев, знают - их уже ничем не удивить. Ну да ладно, не больно - то и надо! Буду и дальше с удовольствием мою любимую передачку - „Клуб путешествий“ смотреть. Может Джек надумает в конце - концов, отправиться куда - нибудь, где я не был. Тогда я ему точно на „хвост“ сяду!

А что, так и сделаю, надо почаще к нему на квартиру наведываться, - смотришь, что - то новое о его планах на лето узнаю.


**Пока - Ваш Красавчик.**